ETZHARA

Ketika takdir bicara

Joannes Rhino

Uu No. 19 Thn. 2002 Tentang Hak Cipta

Fungsi dan Sifat Hak Cipta Pasal 2

1. Hak Cipta merupakan hak eksklusif bagi pencipta atau pemegang Hak Cipta untuk mengumumkan atau memperbanyak ciptaannya, yang timbul secara otomatis setelah suatu ciptaan dilahirkan tanpa mengurangi pembatasan menurut peraturan perundang-undangan yang berlaku.

Hak Terkait Pasal 49

1. Pelaku memiliki hak eksklusif untuk memberikan izin atau melarang pihak lain yang tanpa persetujuannya membuat, memperbanyak, atau menyiarkan rekaman suara dan/atau gambar pertunjukannya.

Sangsi Pelanggaran Pasal 72

1. Barangsiapa dengan sengaja dan tanpa hak melakukan perbuatan sebagaimana dimaksud dalam pasal 2 ayat (1) atau pasal 49 ayat (1) dipidana dengan pidana penjara masing-masing paling singkat 1 (satu) bulan dan/atau denda paling sedikit Rp. 1.000.000,00 (satu juta rupiah), atau pidana penjara paling lama 7 (tujuh) tahun dan/atau denda paling banyak Rp. 5.000.000.000,00 (lima miliar rupiah).

2. Barangsiapa dengan sengaja menyiarkan, memamerkan, mengedarkan, atau menjual kepada umum suatu ciptaan atau barang hasil pelanggaran Hak Cipta sebagaimana dimaksud dalam ayat (1), dipidana dengan pidana penjara palking lama 5 (lima) tahun dan/atau denda paling banyak Rp. 500.000.000,00 (lima ratus juta rupiah).

Copyright © 2008 Joannes Rhino
All rights reserved.
ISBN: 9790253176
ISBN-13: 978-9790253179

Printed in the United States of America

First Printing, June 2008

Bab 1

27 September 2001

Udara mendadak menjadi sangat panas. Jantung Kenny mulai berdetak tak teratur. Suasana hening yang mencekam menjadi semakin tegang dan tak terkendali. Ia menyadari sesuatu akan terjadi. Tak lama, ia merasakan kehadiran iblis-iblis itu di sekelilingnya. Hawa panas yang ditimbulkan oleh mereka menusuk jauh sampai ke dalam tulang dan seakan meracuni setiap sel darah yang mengalir dalam tubuhnya.

Hawa panas itu mulai mendekatinya, dan semakin mendekat lagi hingga akhirnya hembusan nafas panas mereka terasa jelas tepat di belakangnya. Belum sempat menoleh, salah satu dari iblis itu meremuk bahunya dan mengangkat tubuhnya dengan mudah, lalu menghempaskannya ke tanah bebatuan. Kejadian yang begitu cepat itu membuatnya tak bisa bereaksi banyak. Bahkan belum sempat ia merasakan rasa sakit di tubuhnya, para iblis itu sudah menarik kedua lengannya dengan kasar dan menyeretnya di atas kerikil-kerikil tajam.

Kenny berusaha berontak. Dengan kepanikan yang memuncak ia gerak-gerakkan tangannya untuk melepaskan diri. Namun mereka tetap menyeret tubuhnya seakan semua gerakan panik yang ia buat tak memberikan pengaruh sedikit pun. Ia bisa merasakan tetesan-tetesan darah mulai bercucuran dari punggungnya yang terluka karena bergesekkan dengan batu-batu kecil yang tajam. Ia coba menahan rasa sakit itu dengan memikirkan hal-hal yang menyenangkan. Tapi tak berhasil. Ia sudah tak bisa lagi memperkirakan seberapa jauh dirinya terseret, sampai pada akhirnya banyaknya sayatan kerikil-kerikil tajam yang telah menembus punggungnya itu membuatnya tak sadar bahwa mereka telah berhenti.

Dengan wajah yang tak terlihat jelas karena tertutupi oleh kerudung hitam, mereka menatapnya yang berbaring tak berdaya di atas tanah dengan tatapan yang mengerikan. Apa yang akan mereka lakukan? batin Kenny bertanya-tanya. Pertanyaan itu langsung terjawab ketika salah satu dari iblis itu mendekati dan membentangkan kedua lengan Kenny lebar-lebar, lalu mulai memaku kedua telapak tangannya ke atas tanah.

Tapi....Aneh, mengapa tak terasa sakit? Kenny tak mengerti apa yang sedang terjadi. Apakah ini hanyalah imajenasiku saja? Ia memandangi kedua telapak tangannya yang telah berlumuran darah. Ternyata tidak. Ia mengerutkan dahi dan kembali bertanya-tanya, Tapi mengapa tak sakit? Apakah rasa sakit di punggungku telah mengalahkan rasa sakit ini? Tidak mungkin.

Di saat-saat genting seperti itu, Kenny masih menyempatkan diri tersenyum pada iblis yang telah memaku kedua tangannya itu. Namun ia segera menyadari bahwa senyuman kemenangan itu harus berakhir ketika iblis lainnya meraih sesuatu dari balik jubah hitamnya. Adalah sebilah besi panjang bermatakan sabit yang sangat runcing tergenggam erat olehnya. Apa yang akan ia lakukan? Kenny gemetar ketakutan tanpa bisa menebak apa yang akan terjadi padanya. Hanya berselang beberapa detik saja, dihunjamkanlah sabit itu dengan keras dan tepat ke jantung Kenny. Tapi keanehan masih terus berlanjut; Kenny tak merasakan sakit. Kemudian, seakan belum puas, sang algojo kembali melanjutkan aksinya dengan mencongkel jantung itu keluar hingga Kenny bisa melihat jantungnya yang masih berdetak lemah. Namun ia tetap tak merasakan sakit. Jantung Kenny mulai berdetak lambat, semakin lambat, dan lebih lambat lagi hingga tanpa disadari ia sudah tak bernafas.

Deringan telepon di atas meja belajar menyadarkannya, dan sesegera mungkin Kenny menarik nafas dalam-dalam untuk kembali ke dunia nyata. Sempat ia merasa amat lega karena bisa kembali bernafas, tapi itu tak bertahan lama. Deringan telepon yang seakan berteriak-teriak padanya itu menusuk tajam ke dalam gendang telinganya hingga terasa jauh lebih menakutkan dari mimpinya tadi, dan secara tak langsung otaknya pun mulai berpikir kabar buruk akan datang.

Kenny bukanlah seorang peramal. Ia tidak dapat meramalkan suatu keadaan. Bahkan guratan garis-garis yang menggores telapak tangannya tak mengartikan apapun baginya. Tapi kali ini ia seperti diberikan kemampuan untuk bisa menebak arti dari deringan telepon itu.

Saat itu Amanda Etzhara masih terbaring di rumah sakit dengan kondisi yang menyedihkan. Kondisinya kerap kali menurun beberapa hari belakangan ini. Dokter-dokter yang merawatnya telah bekerja sedemikian keras untuk menstabilkan kondisinya, tapi sepertinya yang mereka lakukan hanyalah mengharapkan mukjizat. Kenny berdoa setiap malam agar Etzhara bisa bertahan, setidaknya untuk satu hari lagi. Tapi deringan telepon itu seakan berusaha mengatakan padanya bahwa tidak akan ada satu hari lagi. Kenny merasa akan kehilangan gadis itu untuk yang kedua kalinya.

Sudah hampir sebulan Kenny seperti tidak bisa tidur. Kalau pun ia tertidur, ia tidak tidur dengan sebagaimana mestinya. Dan saat itu Kenny duduk bersandar di depan meja belajarnya berharap kesunyian kembali datang agar ia bisa kembali merebahkan kepalanya lagi ke atas meja. Tapi teriakan telepon itu tak juga berhenti.

Di deringan kelima Kenny menyerah. Dengan perasaan takut ia beranikan diri mengangkat gagang telepon, "Hallo?"

"Selamat malam", suara yang tak asing lagi bagi Kenny, "bisa berbicara dengan Kenny?"

"Ini Kenny, tante."

"Ken, sebaiknya kau segera kemari."

"Ada apa, tante?" tanya Kenny ragu.

"Etzhara akan menjalani operasi sekarang. Segeralah kemari. Kutunggu kau di pintu masuk."

"Baiklah."

Sesaat Kenny meletakkan gagang telepon, udara di dalam ruangan menjadi sangat panas dan membuatnya tak bisa bernafas dengan lega. Keringat pun mulai membasahi keningnya. Untuk beberapa menit ia terduduk kaku, tak dapat bergerak maupun berpikir. Keheningan yang tiba-tiba mengisi kembali ruangan kamarnya terasa amat menyakitkan dan luar biasa menakutkan. Tapi, dengan segenap keyakinan yang masih tersisa, ia kembalikan kesadarannya secepat mungkin dan berjalan keluar ruangan menuju kamar mandi.

Di sepanjang lorong Kenny berjalan, ia membiarkan kegelapan menemaninya. Walaupun matanya tidak setajam mata kelelawar, namun kebiasaannya berada di ruangan gelap sangat membantunya saat itu. Selain itu, ia hafal betul setiap sudut ruangan rumahnya.

Dari atas bak mandi ia raih botol kecil yang berisi sabun muka, dan menuangkannya cukup banyak ke atas telapak tangannya. Lalu ia gesek-gesekkan kedua telapak tangannya hingga mengeluarkan busa, dan mengusapkannya ke seluruh permukaan wajah secara merata. Kemudian setelah membasuh mukanya dengan air bersih, ia ambil wewangian tubuh dari tempat yang sama dan menyemprotkannya ke hampir seluruh badannya. Wewangian itu beraroma tumbuh-tumbuhan alami yang segar, dan harumnya tidak terlalu menusuk ke dalam hidung yang bisa membuat pusing.

Selesai di kamar mandi ia kembali ke kamar. Ia mengenakan kaus berwarna biru gelap dan celana jeans panjang yang warna birunya sudah mulai memudar karena termakan oleh waktu. Kenny berdiri di depan cermin untuk beberapa saat, merapikan rambut dengan tangannya, lalu meraih dompet yang tergeletak di atas lemari kecil di bawah cermin. Dan ia segera bergegas ke luar kamar.

Dengan berjinjit ia langkahkan kakinya perlahan-lahan agar tidak membangunkan kakaknya, karena keadaannya saat itu sangat tidak memungkinkan baginya untuk menjawab pertanyaan-pertanyaan yang mungkin akan didapat. Kenny meraih sepatu kats dari rak sepatu dan mengenakan di kakinya yang masih lembab. Lalu dengan amat berhati-hati ia buka pintu depan dan menutupnya kembali, serta menguncinya dengan lembut agar tidak mengeluarkan suara.

Udara di luar rumah sangat dingin. Angin bertiup cukup kencang dan memaksa dedaunan berterbangan dari pohonnya. Namun Kenny tak sempat berpikir untuk kembali masuk dan mengambil jaket. Ia dongakkan kepalanya menatap langit, tapi tak terlihat satu bintang pun. Awan hitam tebal yang telah menutupi sebagian permukaan bulan mungkin merupakan suatu isyarat bahwa hujan akan turun. Ia melangkahkan kakinya dengan cepat keluar pagar.

7 Oktober 1996

Kenny adalah seorang pria berwajah cerah yang baru berusia delapan belas tahun. Dengan sorot mata yang tajam dalam bentuk mukanya yang lonjong dan kepalanya yang hampir tak berambut, pria itu tampak pendiam. Ia adalah murid baru di lembaga bahasa LIA untuk kelas sore. Beberapa bulan lalu ia sempat mengambil kelas pagi dengan jam belajar dari pukul 09.00 sampai pukul 11.00. Namun di bulan ini ia diharuskan pindah ke kelas sore karena tahun pertama kuliahnya telah dimulai. Hari itu adalah hari senin. Hari pertama Kenny di dunia yang baru.

Dengan perasaan agak gugup, ia melangkahkan kakinya yang berat menaiki tangga gedung bertingkat tujuh itu. Kelasnya berada di lantai dua, jadi ia pikir lebih cepat menggunakan tangga daripada lift. Kenny merasa seperti orang asing di dalam gedung itu. Tidak ada satu orang pun yang mengenalnya ataupun yang ia kenal, padahal ia sudah belajar di tempat itu selama hampir setengah tahun. Perasaan itulah yang membuatnya kurang percaya diri saat melintasi kerumunan orang yang memadati sepanjang lorong lantai dua.

Dalam sekejap mata, ia telah berdiri di depan pintu kelas bernomor 209. Sebelum masuk, ia mengintip ke dalam terlebih dahulu melalui celah kaca di pintu untuk mempelajari keadaan kelas barunya. Ia melihat seorang pengajar wanita, berusia sekitar tiga puluhan, sedang berbincang-bincang dengan dua murid yang duduk di kursi paling depan. Sementara kelas, yang berkapasitas kurang lebih dua puluh kursi itu, telah hampir terisi penuh dengan murid-murid yang berseragam bebas maupun yang masih berseragam sekolah, dan hanya menyisakan tiga kursi kosong di deretan depan.

Kenny masih tetap mengamati setiap murid dengan seksama. Sebagian besar dari mereka sedang bersendau gurau dan berbincang-bincang satu sama lain. Sementara empat murid sisanya hanya duduk diam membaca buku yang ada di depannya. Beberapa kali Kenny menghentikan matanya di gadis-gadis yang berparas cantik. Namun kali ini matanya terhenti di seorang gadis berpenampilan sederhana, dengan bentuk wajah oval, yang sedang menceritakan suatu hal pada gadis lain yang duduk disebelahnya. Walaupun polesan make-up tidak menghiasi wajah gadis itu, dia masih tetap terlihat menarik bagi Kenny. Sesaat gadis itu melihat ke arah Kenny dan mengerutkan dahi seakan pernah mengenalnya. Kenny mencoba mengalihkan matanya ke tempat lain. Namun sorot mata gadis itu seperti bersinar terang dan begitu membutakan sehingga Kenny tak bisa berkedip, apalagi berpaling.

Tiba-tiba tubuh Kenny terdorong oleh kerumunan dan membentur pintu dengan cukup keras. Tak perlu menunggu sedetik, semua murid di dalam kelas bereaksi melihat ke arahnya. Dengan perasaan kaget bercampur malu, Kenny memaksakan dirinya masuk ke kelas itu.

Layaknya seorang bintang film, hanya dalam hitungan detik saja Kenny telah menjadi pusat perhatian di kelas. Seluruh mata tertuju padanya. Sambil menunduk menahan malu, ia langkahkan kakinya dengan cepat menuju kursi kosong di samping jendela deretan depan.

Dengan nada bercanda pengajar wanita itu menyapanya, "Sakit tidak?"

Kenny hanya tersenyum kecil sambil mencari kesibukkan dengan mengeluarkan buku-buku dari dalam tasnya. Beberapa murid pria yang duduk di belakangnya tertawa kecil, tapi terdengar sangat mengejek.

"Tolong kemari dan bawa bukti pembayaran terakhir," lanjut pengajar wanita itu dengan nada ramah.

Kenny mengeluarkan bukti pembayaran terakhir dan surat keterangan pindah kelas dari dalam dompetnya.

"Nama panggilanmu Kenny?"

"Iya bu."

"O...jadi kamu masih baru di kelas ini," lanjutnya. "Pindahan dari kelas pagi atau siang?"

"Pagi, yang jam sembilan."

"Oke." Ia mengembalikan lembaran kertas-kertas itu. "Silahkan kembali ke tempat."

Pengajar wanita itu berdiri, lalu berjalan ke tengah kelas untuk menuliskan sesuatu di papan tulis. Miss Levyda. Kenny bertanya-tanya dalam hati mengapa wanita seumuran dia masih belum memiliki suami. Tapi pertanyaan itu tidak dibiarkan berkembang dalam otaknya.

"Nama saya Levyda Andryesta," ia memperkenalkan diri, "kalian bisa memanggil saya Miss Levyda. Saya akan menjelaskan beberapa peraturan di kelas ini yang pasti kalian sudah mengetahuinya. Pertama, saya mengharapkan tidak ada lagi yang memakai sandal di kelas ini." Matanya tertuju pada beberapa murid yang duduk di deretan belakang. "Kedua," lanjutnya, "saya tidak akan mengijinkan masuk bagi mereka yang datang ke kelas lewat dari tiga puluh menit. Itu berarti jam setengah enam." Peraturan-peraturan itu selalu diingatkan para pengajar pada pertemuan pertama. Tapi tetap selalu ada saja segelintir murid yang masih melanggarnya dengan alasan lupa atau alasan-alasan bodoh lainnya yang tidak masuk akal. Hal tersebut mungkin dikarenakan sangsi yang diberikan cukup ringan, yaitu dengan tidak boleh masuk ke dalam kelas.

Setelah menjelaskan peraturan-peraturan yang ada, termasuk peraturan saat mengikuti ujuan, Miss Levyda mengambil buku berwarna hijau yang tergeletak di atas mejanya, dan memulai pelajaran. "Buka halaman tiga," perintahnya. "Di bab ini kita akan mempelajari tentang...."

Kenny merasa dirinya sedang diamati. Ia menoleh ke kiri ke arah deretan kursi di belakangnya. Tak jauh dari tempat duduknya, hanya berjarak tiga kursi, ia melihat gadis yang sempat ia amati tadi di depan pintu kelas. Gadis itu masih menatapnya dengan tatapan aneh, sambil mengerutkan dahi. Mengapa ia melihatku seperti itu? tanya Kenny dalam hati. Tatapan gadis itu seperti mengartikan sesuatu, entah apa artinya. Mata bulat bersih yang dihiasi bulu mata lentik dan alis tebal itu terlihat begitu tajam, setajam pisau yang baru diasah. Tapi anehnya tatapan itu justru membuat Kenny merasa nyaman.

Kenny memberikan senyuman ramah sebagai perkenalan. Dan gadis itu membalasnya dengan senyuman yang paling indah yang pernah Kenny lihat. Bibir tipis mungil dan lesung pipit kecil di pipi kirinya menyempurnakan senyuman itu. Baru pertama kali dalam hidupnya, Kenny seperti melihat seorang malaikat.

Lalu muncul suara kecil di telinga kanan Kenny yang berasal dari belakang, "Hilangkan pikiran itu. Dia sudah ada yang punya."

Dengan secepat mungkin Kenny menyembunyikan senyumannya dan menoleh ke belakang hingga terlihat sosok pria kurus, dengan rambut berbelah tengah, yang masih mengenakan seragam SMA.

"Pacarnya murid kelas sebelah," lanjut murid pria itu.

"Em...aku hanya berusaha ramah saja, tidak lebih." balas Kenny.

"Berusaha ramah." gerutunya dengan nada sinis.

Murid pria lain yang duduk disebelahnya menyela, "Siapa namamu?"

"Kenny."

"Aku Yudi dan dia Rifki," ia memperkenalkan diri sambil memalingkan wajahnya ke arah pria kurus yang duduk disebelahnya. "Dan yang tersenyum tadi," ia melirik ke kiri dan memelankan suaranya, "namanya Etzha."

"Pacarnya Mario," sambar Rifki dengan nada menyindir.

"Rifki memang menyebalkan orangnya," jelas Yudi, "tapi jangan takut, ia sudah jinak."

"Tidak seperti kau, Yud, belum disuntik rabies," balas Rifki.

Mata Etzhara masih terus mengamati Kenny dengan seksama. Ia tak mengerti mengapa dirinya begitu bersemangat saat melihat pria itu. Sepertinya ada sesuatu yang dipancarkan dari dalam tubuh pria itu sehingga membuatnya terlihat menarik.

"Pacar satu masih belum cukup juga untukmu?" sindir Tina.

Etzhara memalingkan wajahnya cepat-cepat. "Maksudmu?"

"Sejak tadi kuperhatikan matamu tak pernah lepas dari anak baru itu."

Etzhara diam, tak memberikan reaksi.

"Namanya Kenny," lanjut Tina tanpa ditanya. "Kata Yudi, dia pindahan dari kelas pagi."

"Oooo," balas Etzhara datar.

"Menurutmu bagaimana?"

"Bagaimana apanya?"

"Cocok tidak buatku? Dia lumayan ganteng kan? Apalagi kalau dilihat dari sisi samping, dia mirip dengan..."

Etzhara tidak mendengarkan ocehan Tina selanjutnya. Ia kembali mengamati Kenny yang sedang duduk di sana dengan tenangnya. Ia mengerutkan dahi untuk yang kesekian kalinya, dan hati kecilnya mulai bicara, *Aneh. Sepertinya aku pernah mengenalnya. Tapi dimana?*

"Zha, aku tak sedang bicara sendiri kan?" tanya Tina dengan nada agak kesal.

"Apa?"

"Sudah kuduga, aku terabaikan lagi."

"Ah...tidak..."

"Ingat kau sudah punya pacar."

"Iya, aku tahu."

"Jadi berilah kesempatan bagi yang masih lajang," sindir Tina.

Setiap hari, semua kelas yang dimulai pukul 17.00 sampai pukul 19.00 mendapatkan potongan jam belajar selama setengah jam pada pukul 18.00. Hal itu dimaksudkan agar dapat memberikan kesempatan berdoa bagi para murid dan pengajar yang beragama islam. Waktu senggang itu juga bisa digunakan untuk membeli makanan di kafetaria, merokok di luar gedung, berjalan-jalan di sepanjang lorong, ataupun hanya untuk berdiam diri di kelas.

"Kau tidak keluar, Ken?" tanya Yudi dengan nada mengajak.

"Untuk apa?"

"Sekedar mencari udara segar dan cuci mata."

"Aku selesaikan tugas ini dulu ya?"

"Oke, kutunggu kau di depan pintu masuk."

Kenny kembali meneruskan tugas yang diberikan Miss Levyda. Tugas itu tidak terlalu sulit, tapi terlalu banyak dan sepertinya tidak akan dapat terselesaikan dalam waktu yang relatif singkat. Saat ia sudah terfokus pada tugas yang dikerjakan, konsentrasinya buyar mendengar suara wanita dari belakang menyapanya, "Hey, namamu Kenny ya?"

Kenny menoleh ke belakang dan melihat sosok gadis berbadan ramping yang berpenampilan layaknya gadis-gadis seusianya. Pembawaan yang sangat percaya diri dengan wajah yang tampak menyenangkan, gadis itu memberikan kesan bersahabat.

Gadis itu mengulurkan tangan kanannya seraya berkata, "Kenalkan, saya Tina."

"Saya Kenny."

"Kau tidak keluar, Ken?"

"Tugasku belum selesai."

"Tidak usah diselesaikan, nanti juga tidak akan diperiksa."

"Yakin?"

Tina mengalihkan, "Kau tidak bosan di dalam ruangan ini terus?"

"Tidak, kenapa?"

"Mau tidak menemaniku ke kafetaria?"

"Em...lain kali saja ya. Aku sedang tidak enak badan hari ini." Kenny terpaksa berbohong untuk menjaga perasaan gadis itu.

"Ya sudah kalau begitu." Tina menoleh ke arah Etzhara yang masih duduk di kursinya. "Kau mau menitip sesuatu, Zha?"

"Tidak," jawab Etzhara singkat.

Tina berjalan meninggalkan kelas sambil tersenyum kecil pada Etzhara. Senyumannya mengandung suatu arti, tapi Etzhara tak tahu apa artinya.

Dalam sekejap saja ruangan kelas terasa seperti kosong karena sebagian besar murid melewati waktu senggang itu di luar kelas. Dari kursinya, Kenny memperhatikan Etzhara yang duduk diantara murid-murid wanita yang sedang saling bertukar cerita dengan serunya. Gadis berkulit coklat terang dengan rambut hitam sebahu yang terurai itu terlihat sangat pendiam. Ia hanya memberikan jawaban singkat setiap kali pertanyaan terlontar kepadanya. Ekspresi wajah gadis itu memperlihatkan suatu tekanan. Entah tekanan apa yang sedang dilaluinya. Namun senyuman ramahnya berhasil menyembunyikan ekspresi pahit itu.

Mata Kenny seperti tak bisa lepas dari Etzhara. Ia begitu bersemangat ingin mempelajari raut muka gadis itu lebih banyak lagi. Tapi kobaran api yang membakar semangat Kenny harus terpadamkan seketika Etzhara membalas menatapnya dan memberikan senyuman kecil yang teramat manis. Rasa malu tak dapat terhindarkan lagi. Sudah terlambat bagi Kenny untuk berpura-pura tak melihat gadis itu. Bibirnya seakan terkunci sangat rapat hingga hanya bisa melemparkan senyuman kaku.

"Tidak keluar?" tanya Etzhara ramah.

"Em...tidak," jawab Kenny sedikit gugup.

"Sudah selesai belum tugasnya?"

"Belum. Kau?"

"Beberapa nomor lagi selesai. Mau melihat?"

Pertanyaan itu terdengar seperti suatu ajakan untuk berkenalan. Kenny melihat adanya kesempatan untuk bisa mengenal gadis itu. Tanpa pikir panjang lagi, Kenny berdiri dari kursinya dan duduk di sebelah kanan Etzhara.

"Ini tugas siapa?" tanya Kenny berbasa-basi.

"Meisa." Etzhara menunjuk ke arah kerumunan murid wanita yang duduk dekat pintu.

"Yang mana?"

"Yang memakai kacamata."

Sekilas Kenny melihat sosok gadis berkacamata yang masih mengenakan seragam SMA. Seperti orang berkacamata pada umumnya, gadis itu tampak cerdas. Apalagi mengingat tugas yang dicontek adalah miliknya. Dia pasti pintar, pikir Kenny.

"Oh iya, namaku Etzhara. Kau siapa?" Raut muka Etzhara berubah seketika menjadi ceria.

"Kenny."

"Pindah dari kelas pagi, ya?"

"Iya."

"Kenapa pindah?" lanjut Etzhara.

"Bentrok dengan jam kuliah."

"O...memang kuliah dimana?"

"Di Trisakti."

Etzhara tak pernah berhenti melontarkan pertanyaan sehingga kesan pendiam yang ada di bayangan Kenny berputar seratus delapan puluh derajat. "Semester berapa?"

"Baru masuk tahun ini. Kau sendiri kuliah dimana?" Kenny balik bertanya.

"Aku sudah kelihatan tua ya?" Etzhara menunduk. "Aku masih sekolah di SMA 3."

"Bukan tua, tapi dewasa."

"Masa sih?" Muka Etzhara memerah.

Masih ada banyak hal yang ingin Kenny ketahui dari gadis itu. Tapi ia harus menghentikan pertanyaan-pertanyaannya ketika seorang pria berbadan besar dengan rambut dicat merah masuk dan mendekati mereka berdua.

"Hai sayang," sapa pria itu, "lagi sibuk ya?"

"Kelihatannya bagaimana?" balas Etzhara dengan nada ketus.

"Kau masih marah ya?"

"Aku tak bisa membicarakannya sekarang. Aku sibuk!" tegasnya.

Pria itu memandang ke arah Kenny. "Siapa dia? Murid baru ya?"

"Ken, kenalkan. Ini Mario."

Kenny mendongakkan kepalanya dan melihat raut muka yang angkuh dalam usia yang melewati dua puluhan. Pria itu bermata coklat dengan dagu yang kokoh dan tampaknya berkepribadian keras. Kenny menjulurkan tangan kanannya dan memperkenalkan diri, "Kenny."

"Mario, pacar Eztha." balas pria itu dengan nada kasar.

Sombong sekali dia, pikir Kenny.

"Rio, sebaiknya kau keluar." saran Etzhara dengan nada kesal. "Aku tak akan bisa menyelesaikan tugas ini bila ada kau."

"Baik. Nanti pulang kuantar ya?"

Etzhara tak memberikan reaksi apapun seakan pria itu sudah tidak ada. Dengan kesal bercampur malu, Mario meninggalkan kelas dan membanting pintu dengan keras hingga menggetarkan jendela.

"Ken, maafkan Mario ya. Dia memang sangat jelek sifatnya."

Muncul banyak pertanyaan baru dalam benak Kenny. Tapi ia seakan bisa membaca pikiran Etzhara, dan tidak mau menyinggungnya.

8 Oktober 1996

Kamarnya terbakar begitu hebat. Dalam sekejap tempat tidur Kenny telah dikelilingi oleh kobaran api. Suara tetesan air muncul dengan jelas secara tiba-tiba. Suara itu terdengar sangat dekat. Kenny berusaha menjulurkan tangannya untuk menggapai suara air itu. Namun lidah-lidah api telah menjilat sprei tempat tidurnya hingga seluruh tubuhnya terasa terbakar.

Kenny tersentak bangun di tempat tidurnya, berkeringat dan pening karena masih mengantuk. Ia mencoba mencium bau asap di kamarnya yang agak gelap itu. Suara tetesan air masih bergema di telinganya, dan perlahan-lahan ia menyadari bahwa itu hanyalah suara detik jam di samping ranjangnya. Jam itu menunjukkan pukul 2.30 dinihari.

Ia bangkit dari tempat tidur, dan keluar kamar karena tak tahan lagi dengan hawa panas di ruangan itu. Ia berjalan menuju kamar mandi, dan memutuskan untuk membasahi seluruh tubuhnya dengan segayung air dingan. Seusai mengeringkan tubuhnya, Kenny membuat secangkir kopi dan membiarkannya dingin sementara ia duduk di dapur dalam kegelapan.

Ia melamun memikirkan Etzhara. Entah mengapa Kenny selalu mengingat gadis yang baru pertama kali ia temui itu. *Mengapa gadis itu selalu ada di pikiranku?* Lalu ia ingat kembali tatapan gadis itu padanya. *Mengapa ia melihatku dengan tatapan seperti itu?*

Setengah jam kemudian, Kenny kembali ke kamarnya dan duduk di atas ranjang tempat tidurnya. Tak lama, ia meraih gagang telepon yang tergeletak di atas meja belajar. *Aku harus menelpon Anita,* tegasnya.

Anita adalah teman baik Kenny. Kenny mengenalnya hampir seumur hidupnya. Anita adalah satu-satunya orang yang tahu banyak tentang dirinya. Kebersamaan mereka pada awalnya hanya berdasarkan lokasi tempat tinggal mereka yang berdekatan, dan seiring dengan berjalannya waktu hal itu telah mengubah mereka menjadi sepasang sahabat. Mereka sering menghabiskan waktu bersama untuk bertukar pikiran atau untuk mencurahkan isi hati masing-masing. Namun semenjak Anita pindah rumah dan mendapatkan pekerjaan tetap sebagai sekertaris, Kenny harus mencari waktu yang tepat untuk bertemu dengannya.

........(Suara nada sambung)

"Hey Ken," suara malas terdengar dari dalam gagang telepon, "ada apa?"

"Em...apa kau masih tidur, Ta?" tanya Kenny berbasa-basi.

"Sudah tidak lagi!" jawab Anita dengan nada kesal.

"Maaf membangunkanmu."

"Sudahlah langsung saja ke pokok permasalahan." Anita menguap. "Ada apa?"

"Apa besok kau punya waktu luang, Ta?"

"Mau ketemu?" tanyanya dengan sangat yakin.

"Yah...kalau kau punya waktu."

"Em...shift kerjaku baru berakhir jam tiga. Bagaimana kalau sekitar jam lima?"

Kenny berpikir sejenak, lalu berkata, "Oke, jam lima di tempat biasa, ya?"

"Iya."

"Ya sudah. Sampai nanti, Ta. Teruskan tidurmu."

"...." Anita tak memberikan reaksi.

"Bye."

Kenny dan Anita mempunyai satu tempat khusus yang biasa mereka pergunakan untuk bertemu sapa. Tempat itu adalah sebuah kafe kecil bernama Crashdown yang berada di daerah pinggiran kota. Letaknya yang kurang strategis membuat kafe itu jarang sekali dikunjungi orang, kecuali para penduduk yang tinggal di sekitar daerah itu. Namun kafe itu menjadi tempat yang strategis bagi mereka karena letaknya tidak jauh dari tempat kerja Anita maupun tempat kuliah Kenny.

Sore harinya, Kenny duduk gelisah di salah satu meja berkursi empat yang ada di kafe Crashdown. Berulang-ulang kali ia memalingkan pandangannya ke arah pintu masuk kafe, menanti Anita. Dan kegelisahannya semakin bertambah lagi ketika ia melihat jam dinding yang terpancang di salah satu sisi ruangan telah menunjukkan pukul 17.25. Namun ia mencoba untuk mengendalikan emosinya dengan menatap keluar jendela ruangan. Sambil meraih cangkir kopi yang sudah dingin dan meneguknya dengan cepat, Kenny mengamati langit yang telah memerah. Matahari beranjak tidur di batas cakrawala, sementara burung-burung berterbangan menghalang-halangi terpaan cahaya matahari yang tak lama lagi akan memudar. Kenny berusaha menikmati semua keindahan itu, tapi justru keindahan itulah yang membuat kegelisahannya semakin menjadi-jadi mengingat malam akan tiba dan Anita tak kunjung juga muncul.

Kenny mulai merasa lelah terus menunggu, maka ia mencoba mendapatkan kepastian dengan menelpon Anita. Sesaat ketika ia hendak berdiri untuk mencari telepon umum, terdengar suara di belakangnya, "Hei!", dan bahunya terdorong. "Sudah lama, Ken?"

"Yah....begitulah," jawab Kenny datar.

Anita adalah seorang wanita karier yang berumur dua puluh dua tahun. Tubuhnya langsing, berambut hitam, dan kulitnya berwarna coklat terang. Walaupun wajahnya agak pucat, tapi ia selalu tampak cerdas. Seperti biasa, Anita selalu mengenakan kemeja lengan panjang yang tertutupi dengan blazer dan menjinjing tas kulit kecil bermerek Gucci. Tingginya yang hampir menyamai Kenny terlihat lebih tinggi lagi dengan sepatu kerja yang dikenakannya. Polesan make-up di wajahnya masih tetap bersinar terang, walaupun ia sudah beraktivitas selama berjam-jam.

"Bagaimana kabarmu?" tanya Anita sambil menarik kursi kayu yang ada di samping Kenny.

"Baik."

Anita melepaskan blazernya dan duduk. "Tidak mungkin sebaik itu, pasti ada sesuatu yang membuat kau ingin bertemu denganku. Ayo, ceritakanlah."

"Em....aku bingung harus mulai cerita dari mana."

"Mulailah dari apa yang ada di pikiranmu saat kau mengganggu tidurku semalam," canda Anita.

"Em...oke, tapi mungkin ini akan terdengar sangat berlebihan."

"Apa yang berlebihan?" Anita semakin tak sabar lagi, "Sudahlah jangan bertele-tele."

Kenny menundukkan kepalanya sambil memainkan jari-jemarinya. "Em....aku bertemu gadis ini di...."

"Oh, aku tahu," potong Anita, "ini pasti berhubungan dengan cinta. Iya kan?" Anita menjadi semakin bersemangat. "Siapa gadis yang beruntung itu?"

"Bukan," Kenny menggeleng-gelengkan kepalanya, "ini tidak seperti yang kau pikirkan."

"Lalu?"

"Em....aku baru mengenal gadis ini kemarin di LIA. Namanya Etzhara. Dan..."

"Dan kau langsung jatuh cinta padanya?" potong Anita sekali lagi. "Wow, romantis sekali. Jadi ceritanya ini cinta pada pandangan pertama?" tanya Anita dengan nada mengolok-olok.

"Yah....aku tak tahu pasti apa yang kurasakan, tapi yang pasti baru kali ini aku seperti tak bisa berhenti memikirkan seseorang yang baru pertama kali kulihat."

"Lalu bagaimana tanggapannya?"

"Tanggapannya sih biasa-biasa saja, tapi dari caranya dia menatapku yang sangat tidak biasa."

Anita mengerutkan dahi. "Maksudmu?"

"Maksudku em...dia menatapku seolah-olah pernah mengenalku tapi tak bisa mengingatnya."

"Mungkin memang dia pernah mengenalmu, tapi lupa di mana dan kapan."

"Oke, andaikan dia memang benar-benar lupa, tapi setidaknya aku pasti bisa mengingatnya karena aku tak mungkin melupakan orang yang pernah kukenal."

"Yah...kalau begitu dia pasti mengenalmu di alam lain," canda Anita. "Tapi sudahlah, mengapa kau harus mengambil pusing hal sepele seperti ini? Kalau kau memang merasa tertarik dengannya, lakukanlah pendekatan." Ia melambaikan tangan kepada pramusaji pria yang sedang berdiri di bar. "Kau mau menambah sesuatu, Ken?"

"Em....Chocolate Peanut Butter."

"Ada yang bisa saya bantu?" terdengar suara pria setengah baya di samping kursi Anita.

"Saya mau pesan satu Cheese Burger, satu Chocolate Peanut Butter, dan satu Ice Lemon Tea ," jawab Anita kepada pria itu.

"Satu Cheese Burger, satu Chocolate Peanut Butter, dan satu Ice Lemon Tea akan segera datang," pria itu mengkonfirmasi pesanan seraya menulis di sebuah catatan kecil.

"Thanks," balas Anita.

Sesaat pramusaji itu pergi, Anita kembali melanjutkan, "Oke, kita kembali ke masalah tadi. Mengapa kau harus ambil pusing menanggapi tatapan dia padamu?" Ia memberikan jeda sejenak sebelum kembali berkata, "Tapi kalau kau memang ingin tahu jawabannya, tanyakan saja padanya. Mudah, kan? Kau bisa mendapatkan jawaban sekaligus memulai pendekatan."

"Justru di situlah letak permasalahannya, Ta."

"Maksudmu?"

"Dia sudah mempunyai pacar."

"Ooo...." Anita meninggikan nada suaranya, "jadi kesimpulannya kau memang benar-benar tertarik padanya?"

Kenny tak menjawab, tapi ia mengangkat kedua alis matanya.

Bab 2

9 Oktober 1996

Sore itu terasa amat sejuk. Gumpalan awan tebal yang menghalangi sinar matahari sejak siang bukanlah suatu pertanda akan turun hujan. Etzhara duduk termenung di bawah pepohonan rindang yang berseberangan dengan telepon umum di dalam wilayah lembaga bahasa LIA. Ia menunduk mencoba mengendalikan emosinya, dan beberapa kali mengusap air matanya dengan selembar tissue. Ia perlu waktu; waktu untuk berpikir, waktu untuk memutuskan tindakan selanjutnya. Ia sudah tak tahan lagi dengan semua kebohongan Mario.

Dari telepon umum, Kenny melihat ke arah pepohonan. Ia memperhatikan gadis itu dengan mata yang terfokus tajam. Kenny meletakkan gagang telepon, dan berjalan mendekati untuk meyakinkan diri. Hanya berjalan beberapa meter saja, ia sudah yakin bahwa gadis itu adalah Etzhara.

"Hei," sapa Kenny.

Etzhara mendongakkan kepalanya dengan mata yang berkaca-kaca, lalu menguatkan diri untuk tersenyum.

"Mengapa menangis?" tanya Kenny penasaran. Tapi gadis itu tak memberikan jawaban. Lalu Kenny duduk di sebelahnya berharap akan mendapatkan jawaban. Ia bertanya sekali lagi, "Ada apa?"

"Tidak ada apa-apa," jawab Etzhara singkat.

"Tidak mungkin menangis tanpa sebab," yakin Kenny. "Bila kau mau, kau bisa menceritakan hal itu padaku. Aku bisa menjadi pendengar yang baik."

Etzhara menghela nafas panjang. "Aku sedang bingung."

"Bingung kenapa?"

"Em...bingung..." Etzhara masih ragu untuk menceritakan masalahnya pada pria yang baru ia kenal itu. "Em...bingung harus memulai cerita dari mana."

"Dari mana saja yang kau mau."

Etzhara menunduk seraya menghela nafas sekali lagi. "Pacarku berselingkuh lagi."

"Mario?"

Etzhara terdiam sejenak. "Iya Mario. Dia berselingkuh lagi untuk yang kesekian kalinya, dan sudah tak terhitung lagi berapa kali ia telah berbohong padaku untuk hal itu." Etzhara menyeka tetesan air mata di pipinya. "Aku bingung, mengapa hubunganku dengan pria tak pernah berjalan dengan lancar? Apakah ini semacam kutukan?"

"Bukan," sela Kenny. "Mungkin kau hanya belum menemukan orang yang tepat."

"Bagaimana aku bisa tahu siapa orang yang tepat?"

"Yah...memang tidak bisa tahu. Tapi kau pasti bisa merasakan bila telah menemukannya."

"Jadi menurutmu apa yang harus kulakukan dengan Mario?"

"Itu keputusanmu. Tak ada yang lebih berhak untuk membuat keputusan itu, selain kau."

"Tapi bagaimana jika aku membuat keputusan yang salah?"

"Tidak ada keputusan yang salah bila tak melibatkan emosi."

"Kau mengambil jurusan psikologi ya Ken?" sindir Etzhara.

"Bukan, ekonomi. Kenapa?"

"Kau seperti bisa membaca pikiranku."

Kenny mengalihkan, "Jam berapa sekarang?"

Etzhara melirik jam tangan yang melingkar di pergelangan kirinya. "Jam lima lewat sepuluh. Kau mau masuk?"

"Kau tidak?" Kenny balas bertanya.

"Em...tidak. Aku tidak mau masuk dengan keadaan seperti ini."

"Mau kutemani?"

Etzhara membelakkan matanya. "Kau mau bolos hanya untuk menemaniku?"

"Sekali bolos tidak akan mempengaruhi nilai."

Etzhara memberikan senyuman manis.

Cookies adalah nama sebuah kafetaria milik lembaga bahasa LIA. Terletak tepat di belakang gedung, bangunan itu diapit oleh ruang fotocopy dan sebuah mesjid kecil. Kafetaria itu hampir tak pernah sepi dari pengunjung. Namun karena harga makanannya yang cukup mahal membuat sebagian besar pengunjung hanya memesan minuman saja untuk menemani mereka berbincang-bincang. Cookies adalah tempat yang tepat untuk menghabiskan waktu.

Kenny dan Etzhara melewati sepanjang sore di tempat itu. Kenny memesan menu standar, yaitu potongan daging sapi dengan irisan kentang yang dikelilingi sayuran segar dan kacang-kacangan sebagai penggugah selera, serta air mineral. Sedangkan Etzhara hanya memesan sebotol minuman bersoda. Mereka menghabiskan waktu dengan berbincang-bincang untuk saling mengenal satu sama lain. Sesekali Kenny menyinggung tentang Mario, tapi Etzhara hanya memberikan jawaban singkat tanpa ekspresi.

Satu jam berlalu seperti sekejap mata. Tanpa mereka sadari waktu menunjukkan pukul 18.10, dan wajah-wajah baru telah memadati bangunan kafetaria itu. Sebagian dari mereka terpaksa harus berdiri karena kapasitas kursi yang tersedia tak dapat menampung lagi.

Tiba-tiba dari tempat yang tak terduga, Tina muncul dan telah berdiri di antara mereka. "Pantas tidak masuk, rupanya lagi selingkuh ya?" sindirnya seraya melirik pada Etzhara.

"Kami hanya berbincang-bincang saja," balas Kenny spontan.

"Sudahlah Ken," sela Etzhara, "jangan hiraukan dia. Dia sudah tidak waras."

"Yang tidak waras siapa, Zha?" sindir Tina sekali lagi.

Sial, gerutu Etzhara dalam hati, mengapa Tina harus begitu menyebalkan? Etzhara cepat-cepat mengalihkan pembicaraan, "Tugas minggu lalu sudah dikumpulkan tadi?"

"Belum."

"Diberikan tugas tambahan?" lanjut Etzhara.

"Belum tahu," jawab Tina sambil melihat sekeliling untuk mencari kursi kosong.

"Mungkin baru akan diberikan nanti," sambung Kenny.

Tina menoleh ke arah Kenny dan berkata dengan nada menyindir, "Tidak ada kursi lagi, ya?"

"Oh iya." Kenny berdiri. "Duduklah di sini."

"Terima kasih." Tina meraih lengan Kenny. "Tapi jangan berdiri, duduklah sekursi denganku."

Kenny tersenyum. "Tidak perlu, aku juga sudah mau pulang."

Raut muka Etzhara berubah, menampilkan suatu kekecewaan. "Mau pulang?"

"Aku baru saja datang," tambah Tina.

"Masih ada hal lain yang harus kulakukan."

"Kau tadi tidak menyinggungnya," sindir Etzhara.

"Mungkin aku lupa," jawab kenny sambil membungkuk untuk mengambil tasnya yang tergeletak di samping kursi.

"Senin besok kau masuk, Ken?" tanya Tina.

"Masuk. Kau sendiri?" Kenny melirik ke arah Etzhara.

Etzhara menganggukkan kepala tanpa terlihat Tina.

"Aku pasti masuk," jawab Tina.

"Baiklah, sampai bertemu hari senin."

"Ya," jawab Etzhara melemah.

"Hati-hati di jalan ya," tambah Tina.

Menjelang pukul 18.30 pengunjung di kafetaria mulai berkurang. Beberapa kursi terlihat sudah tak berpenghuni lagi, sementara di atas meja-meja makan berserakan sampah-sampah sisa makanan. Para pramuria yang sebelumnya bekerja dengan kebingungan, berlari kian kemari tanpa istirahat, kini bisa lebih bersantai.

Etzhara merogoh ke dalam tas sesaat telepon genggamnya berbunyi. Ia menghela nafas panjang setelah melihat nama yang muncul di layar telepon itu. "Ada apa?" jawabnya kasar.

"Kau dimana sayang?"

Etzhara terdiam beberapa saat untuk berpikir. Ia sedang tidak ingin bertemu dengan Mario saat itu. Ia harus berbohong. "Di rumah. Aku tidak masuk hari ini."

"Kau sakit? Aku ke rumahmu ya?"

"Tidak perlu."

"Kenapa?"

"Rio, aku sedang tidak ingin bicara sekarang. Sudah dulu ya."

"Tunggu dulu..."

Etzhara segera mematikan telepon genggam sebelum mendengar kata-kata pria itu selanjutnya.

"Mario?" tanya Tina.

Etzhara mengangkat kedua alis tebalnya sambil mengangguk.

"Kau masih marah dengannya?" lanjutnya.

"Kau tahu kan dia berselingkuh?"

"Iya, kau sudah memberitahukanku. Dengan teman kuliahnya kan?"

"Iya," suara Etzhara melemah, "tapi kali ini dia berselingkuh lagi dengan yang lain."

"Dengan siapa?"

"Mana aku tahu."

"Kau tahu dari siapa?"

"Aku melihat dengan mata kepalaku sendiri, ia merangkul seorang gadis kemarin di mall."

"Lalu kali ini apa alasannya?"

"Aku belum membicarakan hal ini dengannya."

"Oh Zha," Tina memegang tangan Etzhara. "Kau benar-benar dipermainkan olehnya. Mungkin ini adalah waktu yang tepat untuk memutuskan dia."

"Aku juga sempat berpikir ke arah itu. Tapi kata Kenny jangan membuat keputusan dengan emosi."

"Kata kenny?" Tina bertanya dengan nada merendahkan. "Jadi kau lebih percaya dengan orang yang baru kau kenal selama satu jam daripada denganku yang sudah kau kenal selama setahun?"

"Bukan itu maksudku Tin."

"Lalu apa?"

"Aku tak tahu." Etzhara memijat-mijat kepalanya. "Aku bingung. Aku pusing."

Kenny duduk di halte bis bersama dengan setengah lusin calon penumpang yang sedang menanti bis. Ia memperhatikan mereka satu per satu. Seorang pria tampak memainkan sebatang rokok dengan jari-jemarinya, dua wanita kantoran tampak sedang berbincang-bincang, dan sisanya hanya diam menampakkan kesan bosan. Tak lama, sebuah bis tua berwarna hijau berhenti di depan halte. Kondisi bis itu sangat memprihatinkan. Mesinnya menderu-deru mengeluarkan suara kasar dengan knalpot yang menyemburkan gumpalan asap hitam tebal, cat-catnya mulai mengelupas hampir di setiap sisi, dan sebagian besar jendela kacanya terlihat retak karena berbenturan dengan sesuatu.

Perjalanan dengan bis tua itu seakan tiada akhir. Udara dalam bis begitu panas dan berbau, tapi Kenny tak menyadarinya. Ia sedang sibuk melamunkan percakapannya dengan Etzhara tadi, tak peduli lagi terhadap penumpang lain ataupun kemacetan yang menghasi seluruh ruas-ruas jalan. Semoga ia memutuskan Mario, harap Kenny. Tak bisa dipungkiri lagi ia memang memiliki ketertarikkan pada Etzhara sejak pertama kali melihat gadis itu. Ia seperti melihat suatu pancaran dari gadis itu yang tidak dimiliki oleh gadis-gadis lain yang ia kenal.

Malamnya, Etzhara tampak gelisah di dalam kamarnya. Ia duduk di tepian ranjang mendengarkan suara-suara yang seakan berteriak dalam kepalanya. "Putuskan dia! Putuskan Mario! Ada apa sayang? Jangan! Tunggu dulu!" Ia menunduk memejamkan mata dan menutupi wajahnya dengan kedua tangan. Suara-suara itu membuatnya merasa pusing.

Ia berdiri, dan berjalan keluar ruangan menuju kamar mandi. Sesampainya di sana, ia tanggalkan seluruh pakaiannya dan melangkah ke pancuran kamar mandi. Ia membersihkan seluruh tubuhnya dengan sabun cair, lalu membiarkan pancuran air hangat membilas tubuhnya sampai hampir setengah jam.

Ketika telah selesai mengeringkan tubuhnya dan mengenakan pakaian tidur, ia duduk di atas satu-satunya kursi yang ada di ruangan kamarnya. Ia memandangi cermin meja rias dihadapannya, dan mulai membelai-belai lembut rambut hitamnya dengan sisir. Sesekali ia berhenti sejenak untuk memikirkan Mario. Ia bertanya-tanya apakah Mario masih layak untuk mendapatkannya.

Etzhara mematikan lampu utama dan membiarkan lampu meja rias tetap menyala. Ia merebahkan dirinya ke atas ranjang, lalu menutup telinganya dengan kedua tangan dengan maksud mengurangi suara-suara dalam kepalanya. Ia menekan telinganya lebih kuat lagi agar suara-suara itu hilang. Dan tiba-tiba suara Kenny muncul begitu keras dan jelas hingga membuat suara lainnya tak terdengar, "Tidak ada keputusan yang salah bila tak melibatkan emosi." Kenny benar, pikirnya. Aku tak boleh memakai emosi untuk membuat keputusan ini. Etzhara meyakinkan diri, Mungkin besok emosiku sudah stabil.

14 Oktober 1996

Gerimis membasahi mobil sedan berwarna merah mengkilap yang terparkir di lapangan parkir lembaga bahasa LIA. Hujan yang turun sejak pagi membuat basah kuyup gundukan sampah yang menggunung di salah satu sisi bagian gedung yang tampak tak terpelihara. Etzhara melangkahkan kaki keluar dari mobil, dan membiarkan tetesan dingin air hujan menyambutnya. Ia mengenakan baju hangat berwarna krem dan jeans ketat.

Hari itu wajah Etzhara terlihat begitu cerah dan bersinar sehingga memaksa beberapa pria di sepanjang lorong memberikan senyuman yang menggoda. Ia membalas senyuman mereka dengan senyuman ramah. Sesampainya di kelas, ia duduk di tempat biasanya, lalu mendengarkan keluhan orang-orang di sekitarnya tentang hujan hari itu.

"Sial!" keluh seorang murid pria. "Hujan membuat sepatuku basah kuyup."

"Rumahmu kebanjiran, ya?" gurau murid pria lainnya.

Etzhara hanya tersenyum sambil mengeluarkan buku-buku dari dalam tasnya. Ia menyibukkan dirinya dengan mempelajari materi yang dibahas di pertemuan lalu yang tidak ia hadiri.

"Zha, kau tidak apa-apa?" tanya Tina sekaligus menyapa.

"Maksudmu?"

"Kau terlihat...lain hari ini."

"Kenny belum datang?" Etzhara mengalihkan.

"Ada apa sebenarnya antara kau dengan Kenny?" lanjut Tina dengan nada sedikit sinis. "Kau tidak ada perasaan khusus terhadapnya kan?"

Etzhara tak ingin ketertarikannya terhadap Kenny diketahui orang lain, apalagi bila diketahui Tina. "Tidak."

"Lalu mengapa kau seperti terobsesi padanya?"

"Em..." Etzhara terdiam sejenak. "Aku merasa pernah mengenalnya."

Rasa penasaran Tina muncul, "Dimana? Mengapa kau tak pernah memberitahukanku?"

"Aku tak tahu. Sudahlah itu tidak penting, mungkin hanya dejavu."

Sepuluh menit setelah kelas dimulai, Kenny masuk dan duduk di satu-satunya kursi yang tersisa di ruangan itu. Hal pertama yang dilakukannya adalah melihat sekeliling untuk mencari keberadaan Etzhara. Etzhara yang sejak tadi telah menantinya memberikan senyuman kecil. Senyuman gadis itu membuat jantung Kenny berdebar-debar begitu keras hingga ia takut orang-orang di sekelilingnya bisa mendengarnya. Detak jantungnya berirama tak seperti biasanya, tapi terasa menyenangkan.

Bagi sebagian besar murid, waktu terasa begitu lama untuk dilewati di dalam kelas yang membosankan itu. Bagi beberapa murid wanita yang asik berbincang-bincang, waktu berlalu dengan cepat. Tapi bagi kenny, waktu seperti tak pernah ada. Ia bisa berimajenasi dengan bebasnya di sepanjang pelajaran. Ia membayangkan hal-hal menyenangkan tentang Etzhara, yang mungkin tak akan bisa menjadi kenyataan.

Satu jam telah berakhir. Kebebasan tampak di wajah murid-murid pria. Sebagian murid turun ke bawah untuk berdoa di mesjid. Sebagian lainnya yang sudah merasa muak di dalam kelas, keluar untuk berjalan-jalan di sepanjang lorong atau duduk-duduk di depan pintu masuk gedung.

"Kau masih betah di kelas?" tanya Yudi.

"Em…" Kenny melihat ke arah Etzhara.

Etzhara menggelengkan kepalanya perlahan sambil mengerutkan dahi yang mengisyaratkan agar Kenny tidak keluar.

"Kau mau ikut turun atau tidak?" lanjut Yudi sambil berjalan keluar.

Tiba tiba Mario masuk dan menghentikan kontak mata mereka. "Hai sayang, kau sakit apa kemarin?"

Mata Kenny seperti terbakar panas, dan hawa panas itu mulai berkecamuk di seluruh tubuhnya. Ia berpura-pura tak melihat hal itu, lalu berlari menuju Yudi yang telah berada di depan pintu. "Tunggu, aku ikut!"

Etzhara merasa malu bercampur kesal. Ia ingin bercerita banyak hal pada Kenny, tapi kehadiran Mario benar-benar telah merusak semua rencananya. Etzhara berusaha meredam emosinya dan berkata, "Rio, ada yang ingin kubicarakan denganmu."

Mario membelai-belai rambut Etzhara. "Apa itu sayang?"

Etzhara menjauhkan kepalanya dari sentuhan tangan Mario. "Nanti saja setelah pulang."

"Kenapa tidak sekarang?" desak Mario.

Etzhara menarik nafas panjang untuk menahan emosinya. "Nanti saja, Rio."

Tina melihat suatu amarah yang memuncak terpancar dari bola mata Etzhara. Tapi ia terheran-heran mengapa gadis itu masih bisa begitu tenang. Tina tak ingin terlibat ke dalam perseteruan yang mungkin akan terjadi, maka ia memutuskan keluar secepat mungkin dari ruangan yang mulai memanas itu. "Zha, aku turun duluan ya?"

Etzhara sudah tidak memperdulikan Mario lagi. Ia merasa sangat muak pada pria itu. Dan sama halnya dengan Tina, ia juga ingin keluar dari ruangan itu sesegera mungkin. "Tunggu Tin!"

Etzhara bersandar kaku, gemetar, di kap mobil Mario. Jantungnya berdebar begitu keras hingga ia tak dapat mendengar suara-suara lain di sekitarnya. Keramaian orang-orang yang berlalu-lalang di depannya berubah menjadi kesunyian yang mematikan. Sesekali ia melirik jam yang melingkar di pergelangan kirinya. Mana Mario? pikirnya dalam hati sambil berdoa agar ia dapat mengendalikan keadaannya.

Tiba-tiba detakan jantung Etzhara berubah menjadi detakan-detakan liar ketika melihat Mario berjalan mendekatinya. Satu-satunya hal yang sangat diinginkannya saat itu hanyalah menyelesaikannya secepat mungkin dan pulang, lalu berbaring di atas ranjangnya.

"Apa yang ingin kau bicarakan, sayang?" tanya Mario.

Mulut Etzhara seperti terkunci rapat hingga ia harus menunggu beberapa menit untuk kembali terbuka. "Hubungan...kita," jawabnya terpatah-patah.

"Maksudmu?"

"Aku sudah tak tahan lagi dengan semua kebohonganmu, Rio."

"Aku tak mengerti sama sekali apa yang kau bicarakan."

"Hari minggu kemarin kau jalan dengan siapa?"

"Kapan?" Mario mencoba berdalih.

"Sudahlah jangan berbohong lagi Rio." Perlahan-lahan Etzhara merogoh tasnya, mengambil tissue untuk berjaga-jaga andai emosinya menjadi tak terkendali. "Aku melihatmu berjalan merangkul seorang gadis."

Mario menepuk dahinya sendiri seraya berkata, "O... gadis itu. Dia keponakanku."

"Keponakanmu yang mana lagi?" sindir Etzhara.

"Keponakan dari..." Mario berpikir untuk alasan selanjutnya.

"Sudahlah Rio," potong Etzhara. "Aku sudah berpikir dengan matang-matang." Etzhara menarik nafas dalam-dalam dan berkata, "Sebaiknya kita putus."

Mario membelakkan matanya. "Putus?"

"Iya putus, agar kau bisa bebas jalan dengan siapa saja yang kau ingini, dan agar aku tak perlu repot-repot memikirkan hal itu lagi."

"Tapi dia bukan..." Mario berusaha memberikan penjelasan.

"Sudahlah Rio, ini adalah keputusan yang terbaik untuk kita berdua."

"Berilah aku satu kesempatan lagi sayang. Aku tidak akan mengecewakanmu."

Etzhara menggeleng-gelengkan kepalanya. "Kau selalu begitu Rio, membuat janji yang tak bisa kau tepati. Tapi tidak kali ini. Kesempatan terakhirmu telah kau pergunakan dengan percuma."

"Tapi..."

"Rio, keputusan ini adalah keputusan terakhirku. Aku tak sanggup lagi meneruskan hubungan kita. Maaf."

Etzhara berbalik dan mulai berlari secepat-cepatnya, tak lagi melihat ke belakang. Ia merasakan jantungnya berdetak dengan cepat, tapi berirama dan terasa menyenangkan. Ia memaksakan dirinya untuk berlari lebih kencang, semakin kencang lagi hingga bagaikan terbang di udara, tak menyadari sepatunya telah menginjak genangan-genangan air.

Bab 3

16 Oktober 1996

Di awal hari itu roda kehidupan Etzhara kembali berputar ke atas, secara perlahan tapi pasti. Serpihan hatinya yang telah hancur berkeping-keping, kini sudah mulai membentuk dan melahirkan hati yang baru lagi. Ia merasa telah berdiri di akhir jalan kesengsaraannya dan mulai melangkah di jalan yang baru menuju kebahagiaan. Perubahan terasa sangat dekat baginya. Hanya masalah waktu.

Sore itu, sebelum kelas dimulai, Etzhara mentraktir dirinya sendiri untuk sekedar makan ringan di Cookies. Ia memesan Apple Pie dan minuman bersoda. Ia merayakan kebebasannya, tak lagi terikat dengan Mario.

Selagi menunggu pesanan Etzhara mengingat kembali hari-hari yang pernah ia lalui dengan Mario. Ia ingat semua kebohongan Mario, semua pertengkaran yang pernah terjadi, dan tak luput dari ingatannya perasaan cemburu, kesal, dan ketidak-berdayaan yang pernah ia rasakan. Namun hanya sekelibat keceriaan saja yang bisa ia ingat. Keputusan yang ia buat dua hari lalu membuatnya merasa lega.

Ketika pelayan datang membawakan pesanan ke mejanya, Etzhara melirik. Jantungnya mendadak berdetak saling berkejar-kejaran satu sama lain. Ia melihat Mario memasuki ruangan bersama dengan seorang gadis berambut panjang dan berbadan ramping. Secepat kilat ia meraih menu makanan di atas meja untuk menyembunyikan wajahnya. Ia belum siap untuk menghadapi Mario.

Ia memandangi Mario yang duduk di sudut ruangan dari kejauhan, dan suatu perasaan aneh muncul di dalam hatinya; ia tidak merasakan apapun. Ia tidak merasakan kesal atau cemburu melihat mereka saling tertawa ceria sambil berpegangan tangan. Keputusanku benar, pikir Etzhara dalam hati. Tapi ia tak bisa menghindari kenyataan bahwa dirinya pernah menjalin hubungan dengan pria itu. Etzhara melirik gadis yang sedang bersama Mario. Tiba-tiba ia teringat kembali kecemburuan yang pernah ia rasakan. Tapi ada semacam arus lega yang mendadak memenuhi hatinya; suatu kebebasan terlepas dari rantai emosi yang gelap dan dalam, yang pernah membelenggunya. Semua telah berlalu, yakin Etzhara seraya berdiri dan pergi dari ruangan itu.

Kelas dimulai lebih lama dari biasanya. Miss Levyda baru masuk ke dalam kelas pukul 17.15. Belum sempat menaruh tasnya, ia langsung berdiri di tengah kelas dan berkata, "Kita adakan quiz hari ini." Kelas spontan menjadi ramai. Semua murid mengeluarkan keluhannya. Tapi seakan tak mendengarkan keluhan mereka, dengan acuhnya Miss Levyda mulai menulis soal-soal di papan tulis. "Semua buku harap dimasukkan ke dalam tas," perintahnya. "Hanya ada kertas kosong dan pulpen di atas meja."

Sementara para murid mengerjakan ujian, Miss Levyda duduk mengoreksi tugas murid-murid di kelasnya yang lain.

"Aku sudah putus," bisik Etzhara.

Tina menoleh dan mengerutkan dahi. "Dengan Mario?"

"Iya, siapa lagi."

"Kapan? Dimana? Bagaimana?" Tina sangat bersemangat ingin mengetahui semuanya.

"Hari senin kemarin, di parkiran mobil."

"Lalu reaksi Mario?"

"Kau seperti tak mengenalnya saja Tin, dia ingin aku memberikannya satu kesempatan lagi."

"Tapi tak kau berikan kan?"

"Tina! Etzha!" suara Miss Levyda menggelegar menghancurkan kesunyian kelas, "kalau sudah selesai, kumpulkan dan keluar! Jangan mengganggu yang lain!"

Mereka menunduk, saling melirik, dan tertawa kecil.

Kenny, yang hari itu duduk di depan bersebelahan dengan Rifki, belum ada persiapan sama sekali dengan ujian mendadak yang diadakan Miss Levyda. Walaupun sebagian besar murid lainnya juga belum merasa siap, tapi setidaknya mereka mengerti dengan materi ujian hari itu. Lantas Kenny, yang tidak seberuntung mereka, menghabiskan waktu ujiannya dengan melamun. Ia melamunkan Etzhara. Beberapa kali ia berusaha keluar dari lamunannya untuk kembali fokus pada kertas ujiannya di atas meja. Namun otaknya terasa kosong setiap kali melihat soal-soal ujian tersebut.

Berselang enam puluh menit kemudian, Miss Levyda mulai berkeliling untuk mengumpulkan kertas-kertas ujian para murid satu per satu. Hari itu para murid tidak diberikan kesempatan untuk beristirahat seperti biasanya, kecuali bagi mereka yang telah selesai mengerjakan ujian. Dan sebagai gantinya kelas diakhiri setengah jam lebih cepat, yaitu pukul 18.30.

Kenny mulai panik. Dengan spontan ia bereaksi mengisi kertas ujiannya yang masih kosong dengan apa saja yang ada di otaknya saat itu.

"Nomor dua belas," bisik Rifki sambil menyenggol lengan Kenny.

Kenny mengangkat kertas ujiannya tanpa terlihat Miss Levyda.

Dari tempat duduknya, Etzhara melihat ke arah kertas ujian Kenny. Terlihat hampir polos. Apakah ia tak bisa mengerjakannya, pikir Etzhara bingung. Etzhara sangat ingin membantu Kenny, tapi tak tahu bagaimana caranya.

Selesai mengumpulkan semua kertas ujian, Miss Levyda berdiri di depan kelas dan berkata, "Kalian boleh pulang." Ia mengambil tasnya dan segera meninggalkan ruangan. Para murid sudah tidak memperhatikannya lagi. Mereka sibuk mendiskusikan soal-soal ujian tadi.

Kenny terlihat lesu, tapi ia tak menyesalkan keputusannya untuk melamun saat ujian tadi. Ia memasukkan pulpennya ke dalam tas dan berdiri.

Dengan sekuat tenaga Etzhara berteriak berusaha mengalahkan kegaduhan kelas, "Jangan pulang dulu Ken!"

Keadaan kelas telah menjadi tak terkendali. Para murid dengan bebasnya bisa berjalan-jalan atau duduk-duduk di meja dengan seenaknya. Setelah bersusah payah menerobos kerumunan, akhirnya Etzhara sampai dihadapan Kenny.

"Ada apa, Zha?"

"Hari minggu besok kau punya acara atau tidak?"

"Tidak, kenapa?" Kenny bingung.

"Aku ulang tahun, dan dirayakan di Front Row Cafe. Kau datang ya?"

Kenny tahu hal itu dapat mengarah ke sana. Suatu undangan ke pesta ulang tahun dapat mengawali sebuah ikatan, yang memungkinkan semua lamunannya bisa menjadi kenyataan. "Jam berapa?"

"Sekitar jam tujuhan. Bisa kan?"

"Em…bisa."

Jantung Etzhara mendadak berdetak sangat cepat. Ia merasakan suatu perasaan yang sejak lama tidak ia rasakan. "Baiklah, jangan sampai lupa ya."

Tidak akan, pikir Kenny dalam hati.

18 Oktober 1996

Hari itu terlihat jauh lebih cerah dari hari-hari sebelumnya. Langit bagaikan sehelai kain kanvas berwarna biru terang, dengan goresan-goresan putih sebagai awannya dan satu titik terang berwarna kuning bersinar sebagai matahari. Angin sepoi-sepoi yang hangat dan lembut seakan meniupkan lagu-lagu di daun-daun pepohonan.

Hari itu Anita sedang tidak masuk kerja, karena merasa agak sedikit tidak enak badan. Tapi kesempatan itu tidak ia pergunakan untuk beristirahat di rumah, melainkan untuk dihabiskan bersama Kenny, mengingat mereka sudah jarang bertemu sapa lagi untuk berbincang-bincang ataupun hanya sekedar untuk bersendau gurau. Menjelang petang, mereka bertemu di taman kecil yang berada tak jauh dari lingkungan rumah Kenny. Mereka duduk di sebuah bangku panjang, disekelilingi pohon-pohon dan hamparan rumput yang terawat rapi.

Anita membuka percakapan, "Jadi bagaimana kelanjutannya?"

"Kelanjutan apa?" Kenny balik bertanya seakan tak tahu kemana arah pembicaraan akan berlanjut.

"Yah...kau pasti tahu, kelanjutanmu dengan si gadis LIA itu. Pasti ada perkembangan kan?"

"Oh si Etzha, Yah..." Kenny menyipitkan matanya sebelah, "bisa dikatakan begitu."

"Sudah kau tanyakan padanya mengenai masalah tatapan itu?" tanya Anita sambil melirik ke arah Kenny.

"Oh...kalau mengenai masalah itu," Kenny menggaruk-garuk kepalanya, "setelah kupikir-pikir lebih lanjut itu tidak penting untuk dibahas dengannya."

"Memang benar."

Sambil mengerutkan dahi, Kenny menoleh ke arah Anita. "Lalu mengapa kau menganjurkanku untuk menanyakan hal itu padanya?"

"Aku tidak menganjurkan, aku hanya mencarikanmu jalan keluar dari rasa penasaranmu yang berlebihan itu. Tapi sudahlah," Anita merubah nada suaranya, "jadi sampai dimana perkembangan terakhir?"

"Sampai...em...sampai dia mengundangku ke acara ulang tahunnya." Kenny menunduk tersipu-sipu.

"Oh ya!" Anita memalingkan wajahnya ke Kenny sambil membelakkan mata. "Sudah sampai sejauh itu?" Lalu ia mendorong lemah bahu Kenny. "Wah...sepertinya sebentar lagi kau akan membuat pacarnya cemburu buta."

Kenny tidak memberikan respon. Lalu mereka berdua terdiam selama beberapa menit sambil memandangi anak-anak kecil yang sedang berlari-larian di taman.

Anita memandang ke arah Kenny dan berkata, "Aku akan dikirim ke luar kota untuk mengurusi kantor cabang yang ada di sana."

Kenny terkejut. "Apa? Ke luar kota?"

"Iya, ke Pekan Baru."

"Berapa lama?"

"Bosku bilang sih sekitar setahun, tapi mungkin beberapa bulan sekali aku pulang. Kenapa? Kau sudah mulai merindukanku ya?" canda Anita.

"Sebenarnya sih iya, tapi yang kurindukan oleh-olehnya bukan kau," balas Kenny. "Jadi kapan berangkat?"

"Minggu depan."

"Yah...hati-hati sajalah di sana." Kenny terdiam sejenak. "Tapi kau tidak ganti nomor telepon kan?"

"Kemungkinan besar tidak. Tapi kalau memang aku ganti nomor, kau pasti kuberitahu. Lagipula kita pasti akan tetap berhubungan kan?"

"Sebaiknya begitu," Kenny menegaskan.

Matahari pun mulai tenggelam, dan anak-anak kecil yang bermain di taman telah pulang ke rumahnya masing-masing. Kenny dan Anita masih duduk di bangku taman menatap langit yang berwarna kemerahan.

Bab 4

20 Oktober 1996

Kenny merasa gugup. Ia bimbang, pakaian apa yang akan dikenakannya? Yang sederhana, atau yang resmi? Kenny ingin terlihat semenarik mungkin dihadapan Etzhara nanti. Akhirnya ia memutuskan untuk mengenakan kemeja lengan pendek berwarna biru gelap yang dilapisi dengan jaket kulit hitam, dan celana panjang hitam serta sepatu kasual untuk memberikan kesan sporty. Kurasa ini tidak terlalu mencolok, pikirnya.

Front Row Café adalah sebuah kafe yang bernuansa olahraga. Sama halnya dengan kafe-kafe pada umumnya, kafe itu memiliki meja-meja makan yang selalu tersusun rapi dan bar kecil yang menyediakan beragam jenis minuman keras. Tapi fasilitas yang paling menonjol di tempat itu adalah sebuah layar berukuran raksasa yang dikelilingi televisi-televisi kecil di setiap sisinya. Fasilitas yang letaknya di ujung ruangan itu biasanya menyiarkan secara langsung pertandingan sepak bola, basket, baseball, dan segala jenis bentuk olahraga lainnya. Di depan layar itu ditambahkan fasilitas lain berupa panggung kecil, lengkap dengan alat-alat musiknya yang selalu menyajikan live performance setiap malam. Suasana yang berkesan ramai itu menjadikan Front Row Café sebuah tempat yang tepat untuk berpesta. Bagi Kenny tempat itu seakan mengantarkannya ke dunia lain; sebuah dunia yang penuh keindahan, kemewahan, dan kekayaan. Dunia yang jarang sekali ia sentuh.

Kenny tiba di sana pukul 19.30. Baru berdiri di pintu masuk, ia sudah bisa merasakan pendingin ruangan kafe yang begitu dingin seakan membenamkannya ke dalam tumpukan salju. Saat ia melangkahkan kakinya masuk, ia disambut dengan sorakan beberapa pria yang sedang menonton pertandingan sepak bola.

Etzhara melihat Kenny dari kejauhan dan melambaikan tangannya. Malam itu ia mengenakan gaun hitam panjang yang menonjolkan setiap lekuk tubuhnya dari bahu hingga kaki. Wajahnya terlihat lebih bersinar dengan goresan lipstik yang berkilauan di bibirnya dan polesan make-up yang membuat pipinya kemerahan, serta lensa kontak berwarna biru terang yang terpadu dengan bulu mata lentiknya. Malam itu Etzhara terlihat bagaikan seorang dewi dari kayangan. Kecantikannya layaknya sinar matahari yang memancar terang dan bulan yang tersenyum indah.

Etzhara menerobos kerumunan menuju Kenny. "Akhirnya kau datang juga Ken."

Kenny begitu terpesona hingga tak dapat berkata-kata. Ia terlalu sibuk memandangi keseluruhan tubuh gadis yang terlihat sangat sempurna itu.

"Ken, kau kenapa?"

"Em...tidak," jawabnya gugup. "Oh ya, happy birthday ya."

"Terima kasih," balas Etzhara sambil tersenyum manis.

"Maaf aku tak sempat membeli kado."

"Tak apa." Etzhara meraih tangan Kenny. "Ayo masuk."

Ketika berjalan memasuki ruangan, Kenny merasa seakan-akan setiap orang menatapnya dengan tatapan yang aneh. Apakah aku salah kostum? tanyanya dalam hati seraya menunduk melihat pakaiannya. Kenny memandang mereka satu per satu, tapi tak ada seorang pun yang ia kenal. Ia berharap dapat menemukan teman-teman sekelasnya.

"Hei Kenny!" teriak seorang gadis yang duduk tak jauh dari panggung.

Suara itu terdengar cukup akrab di telinga Kenny. Ia melangkahkan kakinya menuju suara itu, dan memfokuskan pandangannya. Tak lama ia tahu gadis itu adalah Tina. Akhirnya ada juga orang yang kukenal di sini. Kenny merasa lega.

Seakan bisa membaca pikirannya, Etzhara menoleh pada Kenny dan tersenyum. "Tina juga sudah datang."

Tina, yang malam itu mengenakan blus putih dari sutra dan rok berwarna abu-abu, berdiri dan melambai-lambaikan tangannya sambil berteriak, "Duduk di sini Ken!"

Etzhara mengantarkan Kenny ke kerumunan orang-orang yang mengelilingi meja makan Tina. Setelah sampai, Etzhara menoleh ke seorang pelayan pria yang berdiri di depan pintu dapur dan memberikan suatu tanda. "Kutinggal dulu ya Ken. Aku harus memulai acara."

Tina kembali duduk dan berkata, "Kukira kau tak jadi datang."

Kenny tersenyum ramah. "Kau sudah dari jam berapa, Tin?"

"Dari jam enam."

Jam enam? tanya Kenny dalam hati. Kenny mengingat kembali apa yang sedang dilakukannya saat itu. Mungkin aku sedang memilih-milih baju.

Tiba-tiba semua lampu utama dipadamkan, hanya menyisakan lampu-lampu kecil yang redup di setiap sudut ruangan. Hanya berselang beberapa detik saja, gemerlapan cahaya lilin muncul dari balik pintu dapur. Seorang pelayan yang mendorong kue tart putih, dengan lilin kecil berangka tujuh belas di atasnya, mulai terlihat dan diikuti nyanyian selamat ulang tahun serta tepukan tangan dari para undangan ataupun tamu-tamu lain yang ada di kafe itu. Etzhara merasa dirinya bagaikan seorang puteri.

Lampu kembali dinyalakan setelah Etzhara meniup lilin kue ulang tahunnya. Ia melanjutkan dengan memotong-motong kue itu. Potongan pertama diberikan pada ayahnya, potongan berikutnya pada ibunya, dan potongan-potongan selanjutnya untuk kerabat-kerabat terdekatnya.

Kenny mulai menyadari ia tak melihat Mario di ruangan itu. Beberapa kali ia mencoba mencari keberadaan pria itu. Tapi tak ditemukannya. Dimana orang itu? batin Kenny bertanya-tanya. Bagaimana mungkin ia melewatkan pesta ulang tahun pacarnya sendiri? Kenny belum mengetahui hubungan Etzhara dengan Mario telah berakhir.

Etzhara berjalan menuju Kenny dengan membawa sepotong kue tart di atas piring kecil. "Ini untukmu Ken."

"Terima kasih." Kenny mendekatkan mulutnya ke telinga Etzhara dan bicara agak keras untuk mengalahkan keramaian suasana kafe, "Mana Mario?"

"Em...dia..."

"Untukku mana, Zha?" sela Tina.

Etzhara bicara agak berbisik pada Kenny sambil melirik sedikit ke arah Tina agar tidak tampak mencurigakan, "Nanti kuceritakan."

Ada suatu ruangan kecil di belakang dapur kafe, dengan sebuah meja makan persegi beralaskan ubin dan berkursi empat, yang memungkinkan suasana pribadi untuk berbincang-bincang. Ruangan itu biasanya digunakan para pelayan untuk bersantai. Kenny dan Etzhara duduk di sana selama para pelayan sedang sibuk dengan pekerjaannya masing-masing.

Kata-kata Etzhara keluar perlahan-lahan, dan ia merasakan kebebasannya di setiap patah kata itu, "Aku sudah memutuskan Mario."

Secercah harapan muncul di mata Kenny. "Kapan?"

"Minggu lalu."

Kenny meyakinkan Etzhara, "Kau tidak memakai emosi kan dalam membuat keputusan itu?"

"Aku tak tahu Ken, tapi yang jelas aku merasa lega telah mengakhirinya. Keputusan itu adalah keputusan yang terbaik bagiku." Etzhara terlihat begitu bersemangat. Sinar matanya seakan memancarkan suatu kebebasan yang selalu ia dambakan. Ia terlihat seperti seorang narapidana yang baru dibebaskan setelah bertahun-tahun dikurung dalam tahanan; begitu bebas dan lepas, sangat bernafsu untuk memulai kehidupan yang baru lagi.

Etzhara meraih tangan Kenny dan meremasnya erat. "Oh Ken, aku sangat senang sekali bisa mengakhiri hal itu. Dan hari ini, di hari ulang tahunku, semuanya terlihat begitu indah di mataku. Aku merasa sangat…" Etzhara sampai kehabisan kata-kata untuk menggambarkan kegembiraannya saat itu.

"Sangat bahagia?" bantu Kenny.

Bahagia? pikir Etzhara. Betapa asingnya kata itu baginya. Ia hampir tak ingat lagi kapan terakhir kali ia merasakan kebahagiaan. Ia bimbang, apakah yang ia rasakan saat itu adalah kebahagiaannya yang telah hilang dan baru ditemukan, ataukah hanya gumpalan emosi senang sesaat. Selama ini, setiap kali terbangun dari tidurnya yang ada di pikirannya hanyalah cara-cara untuk mempertahankan hubungannya dengan Mario. Tapi kini semuanya telah berakhir. "Ya, aku merasa sangat bahagia."

Hari-hari berikutnya bagaikan kehidupan baru bagi Etzhara. Hubungannya dengan Kenny semakin dekat, dan semakin dekat lagi setiap harinya. Mereka saling bertukar pikiran, bertukar pendapat, dan juga bertukar imajenasi. Etzhara sangat menikmati semua percakapannya dengan Kenny. Walaupun telihat pendiam, Kenny tak membosankan baginya. Setiap topik yang mereka bicarakan, Kenny selalu memandangnya dari sudut pandang yang berbeda. Hal itulah yang membuat Etzhara menjadi penasaran dan semakin ingin mengetahui lebih banyak lagi dibalik sifat pendiam Kenny. Namun ketertarikannya pada pria itu, yang selalu ia tutup-tutupi selama ini, membuatnya tak sadar bahwa sebenarnya dirinya telah jatuh cinta.

Di lain pihak, Kenny tak perlu bersusah payah untuk mencoba memahami sifat-sifat Etzhara. Ia sudah menyukai gadis itu dengan apa adanya, dengan apa yang ia lihat dan apa yang ia rasakan. Kenny menyadari sangatlah mudah baginya untuk membangkitkan emosi cintanya pada Etzhara, karena gadis itu telah mencuri hatinya pada pandangan pertama.

Bab 5

6 Januari 1997

Lima murid di kelasnya, termasuk Tina dan Rifki, tidak lulus ke tingkat selanjutnya. Mereka harus mengulang di kelas yang lain. Sedangkan Yudi dan beberapa murid lainnya pindah ke kelas siang atau ke hari lain. Begitu pula halnya dengan Miss Levyda, ia tak lagi mengajar di kelas itu. Kenny begitu mujur karena ia dapat mengerjakan ujian akhirnya dengan serius. Dan Etzhara, tidak diragukan lagi ia bisa lulus. Mereka naik ke tingkat selanjutnya. Namun Kenny, Etzhara, dan segelintir murid lainnya yang masih bertahan di kelas itu harus merasa seperti orang baru lagi karena kelas telah di dominasi oleh muka-muka baru.

Pada pukul 17.05 seorang pengajar wanita memasuki ruangan kelas. Wanita itu akan duduk, tapi berubah pikiran. Ia tetap berdiri untuk memperkenalkan diri. Namanya adalah Mrs. Emasari, tapi ia lebih senang dipanggil Mrs. Ema. Usianya yang melewati lima puluhan bisa ditebak dari rambutnya yang telah memutih. Matanya berwarna coklat tajam di balik kacamata antik yang bertangkai hitam. Raut wajahnya yang berkesan sadis menjelaskan karakternya yang keras.

Etzhara melihat sekeliling, memperhatikan muka-muka baru di kelasnya. Hampir setiap murid terlihat begitu tegang, mungkin karena sebagian besar murid di kelas itu adalah penghuni baru. Etzhara bisa merasakan ketegangan mereka. Bahkan ia terlihat lebih tegang dan lebih gugup daripada mereka ketika ia sadari tak ada satu orang pun yang ia kenal di dalam ruangan itu. Teman-teman lamanya masih belum ada yang datang. Begitu pula Kenny. Jangan-jangan Kenny tidak masuk, pikir Etzhara takut. Kenny telah berjanji padanya akan datang hari itu. Dan Etzhara yakin Kenny pasti menepati janjinya. Namun ketegangan di kelas itu membuatnya gelisah bercampur panik sehingga ia mulai agak ragu Kenny akan datang. Rasanya ingin sekali ia keluar dari kelas itu secepat mungkin.

Pukul 17.40 Kenny masuk ke kelas. Ia tahu masalah telah menantinya di depan. Peraturan yang ada tidak akan mengijinkannya masuk karena ia datang lebih dari tiga puluh menit. Tapi janjinya pada Etzhara telah memberinya keberanian untuk melanggar peraturan itu. Ia hanya berharap mendapatkan keringanan dari siapa pun yang menjadi pengajarnya hari itu.

Mrs. Ema melihat alrojinya. "Kau tahu sekarang jam berapa?"

"Em...tidak." Kenny berpura-pura agar dapat diijinkan masuk.

"Sekarang sudah jam setengah enam lewat. Kau tidak boleh masuk. Silahkan keluar."

"Tapi..."

"Kau tahu kan peraturan yang ada?"

"Iya, tapi saya..."

"Jangan memberikan alasan. Saya tidak suka alasan. Silahkan keluar. Kau sudah menggangu kelas ini," perintah Mrs. Ema dengan nada tinggi.

Tanpa berkata-kata lagi Kenny keluar. Tapi ia tidak merasa kesal pada wanita tua itu. Ia hanya kecewa tak dapat bertemu Etzhara. Dari celah kaca di pintu kelas, Kenny mengintip ke dalam untuk mencari keberadaan gadis pujaannya itu.

Etzhara menjadi lebih gelisah dari sebelumnya. Sesaat ia merasa lega karena Kenny telah datang, tapi segera berakhir. Sekali lagi ia melihat sekeliling kelas untuk kembali merasakan kesendiriannya, dan ia tak tahan lagi berada di ruangan itu. *Aku harus keluar dari kelas ini*, tegasnya. Ia mulai memasukkan buku-bukunya ke dalam tas. Lalu, saat Mrs. Ema menulis di papan tulis, perlahan-lahan ia menyelinap keluar.

Kenny, yang masih berdiri di depan pintu, terkejut setelah melihat pintu dihadapannya terbuka. "Zha, kenapa keluar?"

Etzhara menutup pintu kelas dengan sangat lembut. "Aku tak tahan lagi di dalam   kelas."

"Jadi sekarang kau mau…"

Etzhara mengalihkan, "Kita ke Cookies yuk."

Terakhir kali Ezthara melihat Mario adalah di Cookies bersama gadis lain, beberapa bulan lalu. Sejak itu ia tak pernah lagi melihat Mario, apalagi mendapat kabar darinya. Entah apakah Mario pindah kelas atau telah keluar dari lembaga bahasa LIA, tidak penting lagi bagi Etzhara. Itu hanyalah masa lalu yang pahit baginya.

Sore itu suasana di Cookies tidak seramai biasanya. Banyaknya meja kosong membuat para pramuria bisa bekerja dengan santai, bahkan beberapa di antara mereka terlihat sedang duduk-duduk karena tidak mempunyai kesibukan lain. Bagi mereka sepinya pengunjung terasa amat membosankan. Namun bagi Kenny dan Etzhara suasana itu sangat nyaman, sangat cocok sekali untuk berbincang-bincang.

"Kau ada acara hari minggu besok?" tanya Etzhara.

"Em…sepertinya tidak."

"Temani aku jalan-jalan ya?"

"Jalan-jalan?"

"Iya, aku sedang butuh suasana baru saat ini."

"Kemana?"

"Em...kemana ya?" Etzhara membelai-belai manja rambutnya. "Aku tak tahu, belum kupikirkan. Tapi kau mau kan?"

"Iya." Tak mungkin Kenny mampu menolak ajakan Ezthara. Baginya ajakan itu merupakan kesempatan yang tepat untuk mengutarakan isi hatinya pada gadis itu. Setiap hari ia selalu mendambakan bisa mendapatkan kesempatan yang tepat itu. Mungkin ini adalah kesempatanku, pikirnya.

12 Januari 1997

Udara terasa sejuk dan langit tak banyak berawan. Matahari sedang bersembunyi di balik salah satu gumpalan awan putih raksasa, tapi sinarnya masih terasa hangat dan menyapa ramah semua orang yang ada di bawahnya. Hal itu memang tidak mengartikan bahwa musim hujan telah berlalu, tapi setidaknya mengartikan hari itu tidak akan turun hujan. Etzhara memandang perkebunan teh di sepanjang jalan dari dalam jendela mobil. Ia sangat menikmati pemandangan itu. Kemudian ia membuka jendela lebar-lebar dan menghirup sejuknya udara pegunungan dalam-dalam sambil memejamkan mata. Tak lama ia merasa air mata hangat telah membasahi pipinya. Air mata kebebasan dan kebahagiaan.

Setelah sampai di Kota Bunga, Etzhara dan Kenny berjalan-jalan melalui taman-taman yang dihiasi bunga-bunga berwarna-warni bagaikan pelangi. Mereka merasakan hembusan angin menerbangkan perpaduan wewangian bunga-bunga tersebut, melintasi padang rumput yang luas. Cerahnya hari itu seakan mengijinkan mereka untuk menikmati keindahan alam bebas.

Di sana juga terdapat sebuah danau buatan yang dikelilingi dinding-dinding beton dengan pemandangan ke arah air danau yang dalam. Etzhara membentangkan taplak meja berukuran raksasa di atas lapangan berumput dekat danau itu. Mereka duduk sambil memandang ke arah danau, merasakan sejuknya sapaan angin siang itu.

"Ken, terima kasih sudah mau menemaniku hari ini."

"Em...iya, tidak masalah."

Kenny merasa gelisah. Ia tahu saat itu adalah saat yang paling tepat untuk mengutarakan isi hatinya. Tapi kegelisahannya membuat pikirannya menjadi kacau sehingga ia tak dapat menemukan kata-kata yang tepat untuk memulainya.

"Ken, kau terlihat tegang sekali. Ada apa?"

"Aku..." Jantung Kenny berdebar sangat keras hingga ia merasa Etzhara bisa mendengarnya. "Em...tidak. Tidak ada apa-apa."

"Kau tidak suka di sini? Kalau tidak suka kita bisa ke tempat lain."

"Oh tidak, tidak, bukan itu."

"Lalu apa?"

"Aku.....senang bisa bersamamu hari ini." Bodoh, kenapa kata-kata itu yang keluar, gerutu Kenny dalam hati.

"Aku juga."

"Bukan, bukan itu maksudku."

Etzhara menjadi bingung. "Jadi kau tidak senang bersamaku hari ini?"

"Maukah kau jadi pacarku?" kata-kata itu keluar begitu saja dari mulut Kenny tanpa bisa ia tahan lagi.

Etzhara terdiam selama beberapa menit. Kesunyian itu membuat Kenny tak sabar menanti jawabannya. Jantungnya mulai berdetak cepat hingga membuat nafasnya terengah-engah. Ia pun mulai merasa bersalah karena telah mengeluarkan kata-kata tadi. "Em...Zha, maaf aku telah merusak suasana harimu dengan kata-kata yang seharusnya tak kuucapkan."

Etzhara memegang tangan Kenny dengan lembut. "Tidak, kau tidak merusaknya. Kau justru telah menyempurnakan indahnya suasana hari ini."

"Jadi maksudmu?" Kenny menahan nafasnya.

"Aku mau menjadi pacarmu."

Kenny menghembuskan nafas lega. Penantiannya tak sia-sia. Jantungnya yang tadi berdetak cepat kini mulai berdetak riang seakan seirama dengan kicauan burung-burung yang sedang menyanyikan lagu-lagu cinta. "Jadi kita..." Kenny masih ragu untuk meneruskan kata-katanya.

"Ya," Etzhara menyenderkan kepalanya di bahu Kenny, "kita sudah menjadi sepasang kekasih sekarang.

Kata-kata itu terdengar sederhana, tapi mengisyaratkan berjuta makna. Bagi Kenny, kata-kata itu berarti salah satu dari sekian banyak angan-angannya telah menjadi kenyataan, dan angan-angannya yang lain seakan sedang tersenyum padanya di depan. Di hari itulah perahu cinta Kenny mulai berlayar, mengawali perjalanannya yang jauh di lautan yang luas.

Siang itu telah lenyap begitu saja, dan detik-detik sore yang ingin berlalu di depan mata juga akan segera berakhir. Matahari hampir tenggelam di batas cakrawala. Permukaan danau yang memantulkan warna merah jingga seakan berusaha mengatakan malam akan datang. Suasana senja itu amat indah, sangat romantis untuk pasangan remaja yang sedang dimadu cinta seperti Kenny dan Etzhara. Senja itu merupakan senja terindah dalam hidup Kenny.

Etzhara melirik jam tangannya. Sudah pukul 17.45. Ia tak percaya dirinya telah terhanyut dalam keindahan senja yang rasanya bagaikan terbang itu. "Ken, sudah hampir gelap. Sebaiknya kita pulang."

Bulan-bulan berikutnya bagaikan pertualangan baru bagi mereka. Seakan tak cukup hanya bertemu di lembaga bahasa LIA, mereka mulai sering menghabiskan waktu bersama di tempat-tempat lain. Kadang Etzhara menjemput Kenny di kampusnya, kadang Kenny yang menyempatkan diri singgah di sekolah Etzhara sebelum berangkat ke kampus, kadang mereka bertemu di mall, dan banyak lagi tempat lainnya hingga bertemu di telepon hampir setiap malam. Namun kebersamaan yang terlampau sering itu tak membuat mereka bosan, melainkan semakin memperdalam perasaan cinta mereka masing-masing.

Kehidupan yang baru bagi Etzhara tidak memerlukan penyesuaian diri, dan kebahagiaan yang ia rasakan tidak lagi merupakan sebuah kata yang abstrak. Hal itu kini telah menjadi kenyataan, suatu hal yang dapat dinikmati tanpa paksaan dan harus disyukuri. Kebahagiaan itu meyakinkan Etzhara bahwa semua keputusan yang ia buat tidak salah.

Bagi Kenny, semua hal yang ia lalui dengan Etzhara adalah suatu keajaiban. Dimulai dari lamunan-lamunannya di kelas, kemudian undangan ke pesta ulang tahun, dan yang terakhir adalah menjadi kekasih gadis itu. Semua itu telah merubah kehidupan Kenny, dan menjadi bagian yang istimewa baginya.

Bab 6

8 April 1997

Malam itu Etzhara telah berbaring di ranjangnya, tapi tak bisa tidur. Bukanlah karena Kenny yang tak menelponnya malam itu yang membuatnya terjaga, melainkan dadanya terasa sakit sekali untuk bernafas. Ia memaksakan matanya untuk terpejam sambil berusaha memikirkan hal-hal yang menyenangkan sebagai pengalih rasa sakit. Tapi rasa sakit itu semakin menjadi-jadi, dan pening di kepalanya mulai muncul karena ia berpikir terlalu keras.

Ia sudah tak tahan lagi dengan keadaannya saat itu. Ia bangkit dan duduk di tepian ranjang merasakan kesakitan yang semakin mendalam. Tak lama ia berdiri dan berjalan tanpa keseimbangan keluar kamar untuk mencari obat tidur. Aku butuh obat itu, tegasnya.

Ia duduk di meja makan menegak obatnya dengan segelas air hangat sambil mengendalikan rasa sakitnya. Ia tahu sebutir pil yang telah berada di tenggorokkannya itu tidak akan memberikan pengaruh dalam seketika. Namun hanya berselang beberapa menit saja, seluruh ruangan seakan mulai berputar-putar dan membuatnya mual. Ia mencoba berdiri, lalu melangkah menuju wastafel. Ia basuh wajahnya dengan air dingin agar pening di kepalanya mereda. Ia mengaca pada cermin berbentuk oval di atas wastafel. Matanya merah. Ya Tuhan! Apa yang terjadi padaku? Lalu ia kembali ke kamarnya.

Ia duduk di tepian ranjang. Badannya telah melemas, tapi rasa sakit di dada dan di kepalanya masih belum juga hilang, bahkan tak sedikit pun berkurang. Ia ingin sekali menelpon Kenny saat itu. Ia melihat jam yang terpancang di dinding kamar. Saat itu pukul 23.36 tengah malam. Ia tak ingin membangunkan Kenny. Maka ia memaksakan dirinya untuk segera tidur. Lalu dihempaskanlah tubuhnya ke atas kasur tebal dan tenggelam dalam rasa sakit, sampai akhirnya tak sadarkan diri.

Suara ketukan pintu terdengar samar-samar di telinganya. Suara itu semakin keras dan semakin kasar hingga memaksa Etzhara untuk segera bangun dari tidurnya. Ia masih berbaring di ranjangnya, kedinginan karena tubuhnya tak terlapisi selimut.

Dari luar pintu kamar ibunya berteriak, "Bangun! Bangun Zha! Sudah hampir jam setengah tujuh."

Etzhara tak memberikan jawaban. Namun ia ingat semalam ia lupa memasang alaram.

Pintu kamarnya dibuka dengan kasar. "Astaga! Kau tidak sekolah hari ini?" Ibunya membuka tirai jendela dan membiarkan sinar matahari menembus masuk ke dalam kamar. "Ayo cepat bangun!"

Ya, tegas Etzhara. Aku harus bangun! Aku harus ke sekolah. Ia yakin rasa sakit di dadanya telah hilang. Tapi tetap saja sulit sekali baginya untuk mengangkat kepala, karena rasa pening itu masih melekat erat di saraf-saraf kepalanya. Dengan sekuat tenaga, ia memaksakan diri bangkit dari ranjangnya. Kepalanya terasa berat dan seakan ingin meledak. Aku tak akan sanggup menjalani hari ini, pikirnya.

Saat berjalan menuju kamar mandi, ada rasa sakit yang tidak wajar di kepalanya. Ia tak tahu apakah itu berhubungan dengan sakit di dadanya semalam, atau itu hanyalah sakit kepala biasa yang bila disiram dengan air dingin akan hilang. Baru berada beberapa meter dari pintu kamar mandi, ia roboh dan terkapar di lantai tak sadarkan diri.

Etzhara terbangun. Ia membuka mata dan menatap langit-langit kamar yang perlahan-lahan menjadi jelas. Ia memerlukan beberapa menit terlebih dulu untuk mengembalikan kesadarannya, sementara kepalanya seakan penuh dengan teriakan-teriakan mengerikan yang terperangkap di dalamnya.

Matanya berkedip-kedip sambil melihat sekeliling ruangan, tanpa mampu bergerak. Seluruh tubuhnya terasa lemah. Mungkin berbaring di ranjang terlalu lama adalah penyebabnya. Lalu ia mencoba meraih gagang telepon yang berada di atas meja di samping tempat tidurnya. Hal yang paling diinginkannya saat itu adalah menelpon Kenny. Kenny pasti ada di rumah, yakinnya. Ia tahu hari itu Kenny tidak ada kuliah.

"Hallo?"

"Em...selamat siang, bisa bicara dengan Kenny?"

Kenny mengenali suara itu. "Etzha?"

"Oh Ken," suara Etzhara melemah, "untung kau ada di rumah."

"Iya, aku tidak ada kuliah hari ini. Ada apa, Zha?"

"Kau nanti masuk?"

"Iya. Kau tidak?"

"Mungkin tidak," suara Etzhara semakin melemah. "Aku sedang sakit, Ken."

"Sakit?" Kenny mulai panik. "Sakit apa? Kenapa baru bilang hari ini? Kau dimana sekarang?"

"Di rumah. Aku tidak masuk sekolah hari ini. Tadi pagi aku pusing sekali, sampai sekarang juga masih."

"Ya sudah, aku ke rumahmu sekarang." Kenny langsung menutup telepon.

Setelah meletakkan gagang telepon, Etzhara kembali berbaring menatap langit-langit ruangan kamarnya. Pagi tadi telah hilang begitu saja dari ingatannya. Hal terakhir yang ia ingat adalah berjalan menuju kamar mandi, dan selebihnya hanyalah gelap.

Siang itu menit demi menit berlalu sangat lambat sekali. Setiap menit yang terlalui tak luput dari rasa sakit di kepalanya dan sesak di dadanya yang mulai kembali muncul. Sesekali ia merasakan ruangan kamarnya seakan berputar-putar. Bagaikan gila rasanya.

Sepanjang perjalanan, di bis, Kenny merasa amat gelisah. Suara Etzhara yang lemah di telepon terus-menerus menghantuinya. Suara itu seakan memberikan gambaran padanya akan rasa sakit yang sedang diderita gadis itu. Kenny menyempatkan diri mampir ke toko bunga. Ia membeli setangkai bunga mawar yang tidak terlalu mewah. Ia tahu bunga itu tidak akan menyembuhkan Etzhara dalam seketika. Namun ia berharap setidaknya bunga itu dapat membuat gadis itu merasa senang.

Rumah Etzhara berada di dalam kompleks perumahan mewah. Rumahnya cukup menonjol dibandingkan dengan rumah-rumah lain di sebelahnya. Rumah itu memiliki sebuah pekarangan besar yang dihiasi dengan tanaman-tanaman, beserta tempat untuk bersantai di tengah-tengahnya. Kenny telah berdiri di depan pintu gerbang besar yang terbuat dari kayu berwarna coklat. Ia memasukkan tangannya melalui lubang kecil di pintu untuk menggapai tombol bel. Tak lama pintu gerbang terbuka dan muncul sosok wanita tua dari balik pintu.

Wanita yang berbadan kurus dengan wajah yang telah berkerut-kerut itu berkata, "Mencari siapa?"

"Etzha ada, nek?"

"Dia sudah menunggu." Wanita tua itu membuka lebar pintu gerbang. "Silahkan masuk."

Kenny sudah tak sabar lagi ingin bertemu Etzhara. Ia begitu penasaran, ingin segera mengetahui penyakit yang diderita gadis itu. Kenny mempercepat langkah kakinya melalui sebatang pohon raksasa menuju pintu depan. Ia tak sadar wanita tua tadi telah jauh tertinggal di belakangnya.

Tak lama wanita tua yang sempat ditunggu-tunggu Kenny itu sampai juga di pintu depan, dan membuka pintu yang terbuat dari kayu jati yang kokoh itu, lalu mempersilahkannya masuk. "Silahkan tunggu di sini. Saya akan memanggilkan Etzha."

Kenny duduk di ruang tamu, mengamati sekeliling. Ruangan itu memiliki perabotan yang sangat indah, penuh dengan benda-benda antik yang tak ternilai harganya. Lantainya ditutupi permadani berwarna merah yang terasa lembut di kaki. Di dinding ruangan tergantung sebuah lukisan yang tak jelas gambarnya bagi seorang awam seperti Kenny.

Hari itu baru pertama kalinya Kenny masuk ke rumah Etzhara. Sebelum-sebelumnya ia hanya mengantarkan Etzhara sampai di depan pintu gerbang, dan kalau pun masuk ia hanya duduk-duduk di taman. Kenny bahkan belum pernah bertemu secara langsung dengan orang tua Etzhara. Ia hanya melihat sekilas pada waktu di pesta ulang tahun Etzhara.

Kenny mengarahkan pandangannya ke ruangan sebelah. Ia melihat sebuah ruang keluarga dengan sofa panjang dan meja besar berbentuk persegi, serta perabotan-perabotan lainnya yang menghiasi ruangan itu. Ruangan itu cukup besar, semua perabotan tertata rapi dengan menarik. Kenny tak pernah menginjak rumah yang seindah itu sebelumnya. Berkesan mewah, dan sangat nyaman.

Lima menit kemudian, Etzhara muncul dari belakang dinding ruang keluarga. Ia mengenakan kaus putih yang agak longgar dan celana panjang training. Gadis itu terlihat tak bersemangat dan agak sedikit kelelahan.

Dari kejauhan, Etzhara memaksakan diri untuk tersenyum. "Hai."

Kenny menghampirinya secepat mungkin. "Bagaimana keadaanmu? Masih terasa pusing?"

"Sudah agak baikan."

Kenny menuntun Etzhara ke ruang tamu. "Sudah minum obat, belum?"

"Sudah, tadi sehabis makan."

"Perlu ke dokter?"

"Tidak perlu. Ini hanya sakit kepala biasa."

"Ya sudah, terserah kau saja."

Etzhara melihat sekuntum bunga mawar yang tergeletak di kursi ruang tamu. "Itu untukku?"

Kenny meraih bunga itu dan berkata, "Oh iya, tadi kebetulan aku melewati toko bunga. Jadi kupikir daripada datang dengan tangan hampa lebih baik...inilah." Ia memberikannya pada Etzhara.

"Terima kasih." Etzhara tersenyum tanpa paksaan kali ini.

Menit demi menit telah berlalu. Jam demi jam telah terlewati. Matahari pun sudah ingin beranjak pergi. Kenny menyadari saat itu sudah hampir pukul lima sore, yang artinya kursusnya di lembaga bahasa LIA sebentar lagi akan dimulai. Namun tak ada niatan dalam dirinya untuk meninggalkan Etzhara.

Etzhara bersandaran di bahu Kenny, dan sesekali matanya terpejam karena obat yang telah diminum sudah bereaksi. Dengan mata setengah terpejam, ia berkata, "Kau tidak masuk hari ini?"

"Tidak."

"Karena aku ya?"

Memang karena Etzhara yang membuatnya tak ingin masuk hari itu. Tapi kalau pun ia masuk, dirinya hanya akan merasa kesepian dalam kelas. "Bukan, aku sedang malas masuk hari ini." Tiba-tiba terdengar suara pintu gerbang terbuka, dan tak lama terdengar suara mesin mobil memasuki pekarangan rumah. "Siapa yang datang?"

"Mungkin ibuku."

Kenny langsung merasa gugup, tapi ia berusaha untuk tetap tenang. Ia mencoba mengingat kembali pada saat pesta ulang tahun Etzhara untuk mendapatkan sedikit gambaran tentang ibu gadis itu. Ia mendapatkan sesosok wanita yang tidak terlalu tinggi dan agak gemuk. Hanya gambaran itu saja yang bisa ia dapatkan.

Seakan bisa membaca pikiran Kenny, Etzhara berkata, "Jangan takut, ibuku tidak galak."

Beberapa menit kemudian pintu utama rumah terbuka, dan muncul sosok wanita yang mengenakan pakaian kerja dalam usianya yang melewati empat puluhan dengan postur tubuh tinggi ramping, tidak sesuai dengan gambaran yang ada di benak Kenny. Wajah wanita itu terlapisi dengan riasan make-up yang tebal, dan sama halnya dengan Etzhara, ia memiliki sepasang mata bulat dengan bulu mata lentik dan alis tebal. Wanita itu memiliki penampilan yang anggun, dan mungkin merupakan proyeksi Etzhara untuk dua puluh tahun mendatang.

Kenny menyapa, "Selamat sore, tante."

Etzhara menegakkan badannya, lalu berkata, "Ma, kenalkan ini Kenny." Etzhara menoleh ke arah Kenny. "Ken, ini ibuku."

"Sudah lama, Ken?" sapa ibunya.

"Em...dari jam satu," jawab Kenny sedikit gugup.

"O..." Ia melirik Etzhara. "Bagaimana kepalamu? Masih pusing?"

"Sedikit," jawab Etzhara sambil memijat-mijat kepalanya.

"Sudah diminum obatnya?"

"Sudah."

Ia melirik kembali ke arah Kenny. "Ken, saya tinggal dulu ya."

"Oh iya tante." Sangat ramah, pikir Kenny. Rasa gugupnya yang berlebihan tidak lagi merisaukannya. Ia bisa melihat suatu kepribadian yang lembut terpancar dari wanita itu. Ia merasa yakin telah memberikan kesan awal yang baik. Tahap berikutnya akan kulewati dengan mudah. Kenny tersenyum dalam hati.

Bab 7

26 Mei 1997

Semuanya terasa begitu sempurna bagi Etzhara. Tidak hanya ia telah berhasil menumbuhkan benih cintanya pada Kenny, tapi sosok pria itu di mata kedua orang tuanya juga sangat baik. Ibunya sangat mengagumi Kenny, dan menilai Kenny sebagai sosok pria yang sopan, bertanggung jawab dan penuh cinta. Di lain pihak, ayahnya tidak pernah mempermasalahkan semua kekasih yang pernah ia miliki. Karena itu ia yakin ayahnya pasti setuju dengan pria pilihannya kini, yaitu Kenny. Namun ia tak mengetahui bahwa ayahnya telah merencanakan sesuatu pada kehidupannya. Sesuatu yang tak pernah ia duga-duga sebelumnya.

Malam itu tidak seperti malam-malam sebelumnya. Biasanya setelah makan malam Etzhara bebas untuk melakukan apa saja, entah langsung masuk ke kamarnya atau nonton televisi di ruang keluarga, dimana ayahnya selalu menghabiskan waktu di ruang kerjanya untuk menyelesaikan pekerjaan-pekerjaan kantor. Tapi malam itu sangat berbeda. Ayahnya duduk di ruang keluarga, dan menyuruhnya untuk mendampinginya. Etzhara tahu suatu pembicaraan serius akan segera berlangsung. Tapi ia tak mempunyai gambaran sama sekali pembicaraan macam apa.

Ayahnya membuka percakapan, "Zha, kau sudah menentukan akan melanjutkan kuliah dimana?"

"Belum, mungkin di...."

"Bagaimana jika kau ikut ayah ke New York," potongnya.

New York? Apakah ayah mengajakku liburan ke sana? Etzhara bertanya-tanya dalam hati.

Ia melanjutkan, "Ayah diutus dari kantor untuk memimpin salah satu perusahaan di sana."

"Lalu untuk apa Etzha ke sana?"

"Ayah telah mendaftarkanmu di salah satu universitas di sana, dan karena ayah kenal dengan tetinggi di kampus itu, kau tidak perlu lagi mengikuti ujian masuknya. Kau sudah diterima di sana."

"Tapi bagaimana dengan...."

Ayahnya segera memotong dan berkata dengan nada tinggi, "Kau harus kuliah di sana! Ayah sudah bayar semua biaya administrasinya ."

Etzhara berusaha tetap sabar. "Iya yah, tapi bagaimana dengan..." ia tak melanjutkan kata-katanya.

"Kenny?" sambung ibunya yang datang dari arah ruang makan, dan duduk di sampingnya. "Dia pasti akan mengerti. Lagipula tiga tahun bukanlah waktu yang lama."

Wajah Etzhara memucat bagai kehilangan darah. Tiga tahun? Ia sadar cintanya pada Kenny sedang bersemi-semi saat itu. Satu hari saja tidak mendengar suara pria itu hidupnya terasa hampa. Apalagi tiga tahun?

Ibunya memegang tangannya dan berusaha mendinginkan suasana dengan berkata, "Kenny pasti mau menunggumu."

Etzhara merasa seakan ruangan itu telah berubah menjadi ruang pengadilan. Dan dia adalah terdakwanya; seorang terdakwa yang telah dijatuhi hukuman kurungan selama tiga tahun. Ia duduk di ruangan itu dengan kaku, seakan mati rasa, tak mampu memahami apa yang telah dikatakan kedua orang tuanya. Ia menyadari bahwa pintu pilihan telah tertutup. Vonis telah dijatuhkan. Jalan hidupnya telah ditentukan. Tak ada lagi yang bisa merubah hal itu.

Ayahnya berdiri dan berkata, "Kita berangkat tiga bulan lagi. Jadi kau masih punya banyak waktu dengan Kenny." Lalu ia berjalan meninggalkan ruang keluarga tanpa menoleh lagi ke belakang.

Etzhara tak bisa berkata-kata lagi. Ia tak memiliki alasan yang tepat yang bisa membatalkan rencana ayahnya itu. Kursus bahasa inggrisnya di lembaga bahasa LIA sempat terlintas di benaknya untuk dijadikan alasan. Namun kursusnya juga akan berakhir bulan depan nanti. Sepertinya semua hal telah dipikirkan matang-matang oleh ayahnya. Dan hanyalah mukjizat yang bisa membatalkan rencana ayahnya itu.

28 Mei 1997

Pukul 17.05 Kenny turun dari bis. Ia melangkahkan kakinya secepat mungkin memasuki wilayah gedung lembaga bahasa LIA. Langkahnya melambat setelah melihat sesosok gadis yang duduk termenung di depan pintu masuk gedung. Etzhara telah menantinya.

"Hei, kenapa tidak masuk?" tanya Kenny bingung.

Etzhara menoleh ke arah Kenny dan memaksakan tersenyum.

"Menungguku ya?" lanjut Kenny mencoba bergurau.

"Ken, tidak usah masuk ya hari ini."

Kenny tambah bingung. Terakhir kali Etzhara mengajaknya bolos saat sedang ada masalah. Tapi, Apa yang terjadi kali ini? Kenny bertanya-tanya dalam hati. "Ada apa, Zha?"

"Ada hal penting yang harus kubicarakan denganmu."

Kenny melihat mata gadis itu seperti memancarkan suatu kesedihan yang mendalam, dan ia bisa merasakan kesedihan itu. Ia duduk di sebelahnya dan memegang lembut tangan Etzhara. "Apa yang ingin kau bicarakan."

Hening cukup lama. Etzhara tak dapat menemukan kata-kata yang tepat untuk memulainya, hingga akhirnya tetesan air mata mulai membasahi pipinya.

Kenny semakin bingung. Ia tak tahu apa yang sedang terjadi pada gadis itu. Ia tak tahu apa yang membuatnya menangis. Kenny mulai merasakan ketakutan yang tidak wajar. Ia tahu kabar yang tidak menyenangkan akan segera diterimanya. "Hei, ada apa? Katakanlah padaku."

Etzhara tahu apa yang akan dikatakannya akan menghancurkan Kenny. Tapi ia harus mengatakannya. Ia memilih kata-katanya dengan sangat hati-hati, "Ayahku mengirimku kuliah di New York selama tiga tahun."

Kata-kata itu bagaikan air dingin menyiram Kenny, yang membuat sekujur tubuhnya kaku. Pelan-pelan bibirnya bergerak, "Tidak bisa kau tolak?"

Etzhara menunduk sambil menggelengkan kepalanya, tak mampu menatap pria itu. Mereka berdua terdiam selama bermenit-menit. Kesunyian itu terasa menyakitkan bagi mereka. Ketika Etzhara tak tahan lagi ingin memecahkan kesunyian itu, Kenny berkata, "Kapan kau berangkat?"

"Akhir Agustus."

Kenny sadar bahwa ia telah membuat dirinya tergantung pada Etzhara. Gadis itu telah memberikannya kehidupan. Kehidupan baru yang belum pernah ia sentuh sebelumnya. Tapi kehidupan itu akan segera berakhir. Kenny mencoba untuk tetap berpikir positif. Ia meyakinkan dirinya bahwa tiga tahun bukanlah waktu yang lama. Ia pasti akan kembali, yakinnya. Aku harus percaya padanya.

Masih ada banyak hal yang ingin ditanyakan Kenny. Tapi ia tahu semuanya tidak akan berpengaruh lagi. Semua impiannya yang ingin dia jadikan kenyataan mulai retak, dan tak lama lagi akan hancur berkeping-keping.

12 Juni 1997

Kenny merasakan air yang dingin menyelimuti seluruh tubuhnya. Ia tenggelam dan merasa amat takut. Tak lama ia melihat Etzhara yang telah berada di dasar kolam itu. Ia menyelam ke bawah untuk menolong gadis itu. Setelah tangannya telah menggapai bahu Etzhara, ia mencoba menariknya ke atas permukaan air. Namun gadis itu menolaknya dan berusaha melepaskan diri. Paru-paru Kenny serasa ingin meledak. Ia tak kuat lagi. Ia harus bernafas.

Kenny tersentak bangun dan langsung menarik nafas panjang. Ia masih tak sadarkan diri. Ia menatap sekeliling dengan pandangan buram mencari-cari Etzhara. Tak lama ia menyadari bahwa itu tadi hanyalah mimpi.

Kenny masih lemah dan terguncang karena mimpinya tadi. Pikirannya langsung melayang kepada Etzhara. Tiba-tiba rasa takut akan kehilangan gadis itu muncul dalam kegelapan yang seakan menghantui ruangan kamarnya yang agak gelap itu. Air mata hangat mulai membasahi pipinya. Ia menangisi dirinya sendiri. Ia menangisi keadaan yang tak dikehendakinya.

Ia kembali merebahkan badannya di ranjang, dan menutup mata. Tapi ia sudah tak bisa tidur lagi. Seluruh tubuhnya dipenuhi oleh rasa takut yang amat dalam hingga membuatnya gemetaran. Ia masih merasakan air mata hangat di pipinya. Oh, apa arti hidup ini tanpanya? Kenny memejamkan matanya erat-erat dan menolak memikirkannya lebih jauh.

Bab 8

30 Agustus 1997

Waktu berjalan layaknya putaran roda, terus berputar dan tak akan pernah berhenti. Begitu pula halnya dengan kabut-kabut kesedihan yang menyelimuti kedua insan itu. Bagi Kenny dan Etzhara waktu berarti perpisahan. Setiap waktu yang tersisa hanyalah menunda hancurnya dunia mereka. Hari itu adalah hari terakhir Etzhara di Jakarta. Tengah hari besok ia sudah harus terbang ke sebuah tempat yang baru baginya, New York.

Menjelang Sore, Etzhara menunggu Kenny di rumahnya. Mereka ingin melewati hari itu dengan menjauh dari kebisingan kota. Mereka selalu ingat saat-saat romantis di Kota Bunga, suatu saat dimana hubungan mereka berawal. Dan di sanalah mereka akan menghabiskan hari terakhir itu. Kenny tiba pukul 16.00. Etzhara langsung meminta ijin pada ibunya, dan sesegera mungkin meninggalkan kota yang bising itu.

Setelah setengah perjalanan, Etzhara baru menyadari bahwa Kenny terlihat sangat tenang hari itu. Hanya diam, terfokus pada jalanan, tak banyak bicara. Ia tahu bahwa pria itu menyimpan sesuatu di balik kesunyiannya itu. Kesunyian itu hanyalah kepura-puraan semata untuk menutupi perasaannya yang sebenarnya. Tapi Etzhara mengerti perasaan Kenny, dan tidak mempermasalahkannya.

Etzhara memandang ke luar jendela mobil dengan seksama. Ia menikmati saat-saat hilangnya matahari dari permukaan bumi. Tak lama ia kembali menyenderkan diri di tempat duduknya dan mengingat-ingat hari-hari yang pernah ia lewati dengan Kenny, mulai dari perkenalannya di kelas hingga percakapan terakhirnya di depan pintu masuk lembaga bahasa LIA. Tiba-tiba ada suatu perasaan yang amat menyedihkan dalam dirinya. Tapi, tidak! ia berusaha meyakinkan diri. Aku tidak boleh bersedih. Hari ini akan kulewati dengan menyenangkan bersama Kenny. Aku harus!

Mobil sedan itu telah melewati belokan yang mengarah ke Kota Bunga. Etzhara mengerutkan dahi dan mulai bertanya-tanya dalam hati. Bukankah itu tadi belokannya? Aku yakin sekali itu tadi belokannya. Tapi kenapa Kenny tidak belok? Apakah ia lupa? Etzhara tak dapat menahan lagi rasa keingin-tahuannya. "Ken, sepertinya kita telah melewati belokan ke Kota Bunga."

Kenny terdiam selama beberapa detik. Ia tahu ia telah merubah rencana awal, dan ia juga menyadari bahwa ia tak memiliki rencana cadangan. Kenny berdalih, "Pemandangan di sana tidak bagus di malam hari. Besok pagi saja kita ke sana."

Etzhara merasa Kenny mempunyai rencana sendiri, dan ia ingin mengetahuinya. "Lalu kita kemana sekarang?"

"Aku juga tak tahu. Kita jalan saja dulu. Mungkin nanti ada ide baru."

Etzhara tak keberatan sama sekali dengan keputusan Kenny itu. Mungkin memang benar pemandangan di Kota Bunga waktu malam tidak seindah di siang hari. Bunga-bunga yang berwarna warni di tempat itu pasti juga akan terlihat berwarna sama. Etzhara mempercayakan sepenuhnya pada Kenny untuk membuat keputusan selanjutnya.

Pukul 19.45 Kenny menghentikan mobil di depan warung kecil untuk makan malam. Mereka makan malam di sebuah warung pinggiran jalan yang hanya menyediakan makanan ala kadarnya. Kenny memesan dua mangkuk mie dan dua jagung bakar untuk mereka berdua. Selesai makan, mereka kembali melanjutkan perjalanan tanpa tujuan.

Sedan merah itu terparkir jauh dari tepian jalan menghadap ke jurang yang dalam. Mereka masih berada di dalam mobil mendengarkan musik dari tape mobil. Kenny masih memikirkan tempat yang tepat untuk melewati malam itu. Ia merasa telah membuat keputusan yang salah dengan membawa Etzhara ke tempat yang tak jelas itu.

Seakan bisa membaca pikiran Kenny, Etzhara berkata, "Ken, di sini pemandangannya juga bagus." Etzhara menyadari pemandangan yang dilihatnya dari dalam mobil hanyalah kegelapan semata. Sesekali ia mendengar suara mobil yang melintasi jalan utama di belakangnya. Tapi keadaan itu bukanlah masalah baginya. Ia sudah merasa senang bisa menghabiskan hari terakhirnya di Jakarta bersama Kenny, dimana pun itu.

Sementara itu Kenny masih terdiam. Ia tahu kata-kata Etzhara tadi adalah suatu usaha untuk membuatnya tidak merasa bersalah. Tapi tak bisa dipungkiri lagi bahwa Kenny merasa kecewa pada dirinya sendiri. Bagaimana tidak? Hari terakhir yang seharusnya merupakan hari yang paling indah bagi Etzhara, ternyata menjadi jauh dari kategori indah karena keputusannya itu.

Lima belas menit kemudian Etzhara membuka pintu mobil dan berkata, "Ken, duduk di luar saja yuk."

Batin Kenny bertanya-tanya bingung, Duduk dimana? Apakah ada yang bisa diduduki di luar?

"Ayo Ken," lanjut Etzhara dengan suara agak keras, lalu duduk di atas kap mobil.

Saat itu pukul 21.30. Mereka duduk di atas kap mobil merah itu, lalu membaringkan diri bersandarkan kaca depan mobil memandang ke atas ke arah gemerlapan bintang-bintang yang seakan begitu dekat dan bisa diraih. Sedikit demi sedikit hawa dingin di Puncak mulai terasa. Tapi mereka tak membiarkan hal itu mengganggu suasana malam yang indah.

Etzhara menoleh kepada Kenny dan memegang lembut tangannya, lalu berkata, "Kau membuat keputusan yang benar Ken. Pemandangan di sini sangat indah."

Kenny tak menyangka keputusan yang ia buat telah membawa mereka ke sebuah tempat yang terpencil, tapi sangat romantis. Rasa bersalahnya berubah seketika menjadi rasa puas. "Iya, aku bahkan tak tahu ada tempat yang seindah ini."

"Ken," Etzhara menatap Kenny dengan tatapan tulus. "Terima kasih."

Kenny bingung. "Untuk apa? Untuk tempat ini? Tapi aku tak sengaja menemukan tempat ini."

"Bukan, bukan hanya tempat ini saja Ken. Tapi semua keajaiban yang telah kau berikan padaku."

Kenny mengerutkan dahi. Ia menebak-nebak dalam hati apa yang dimaksudkan Etzhara dengan keajaiban itu.

Etzhara menjelaskan, "Kau telah membebaskanku dari bayang-bayang Mario, dan menyadarkanku untuk berpikir lebih jernih. Kau juga pernah menyembuhkan rasa sakitku dengan cara yang tak kumengerti. Dan banyak hal-hal kecil yang menjadi berarti karenamu, termasuk saat ini." Etzhara menyenderkan kepalanya di bahu Kenny. "Oh Ken, kau telah membuat hidupku terasa sempurna."

Kenny terdiam, tak tahu harus berkata apa. Kata-kata itu membuat jantungnya tersentak, dalam arti yang menyenangkan. Ia tak pernah menyangka kalau Etzhara memiliki perasaan yang begitu dalam padanya. Sementara ia menyadari perasaannya pada gadis itu juga sedalam itu, atau bahkan mungkin lebih dalam lagi. Kenny mulai yakin bahwa gadis itu adalah jodohnya. Etzhara adalah orang yang tepat baginya untuk menghabiskan sisa hidupnya yang masih panjang.

Semakin malam, udara semakin dingin. Etzhara yang mulai merasa kedinginan, menggenggam tangan Kenny begitu erat. Kenny menyadarinya, lalu merapatkan dirinya ke tubuh Etzhara dan merangkulnya. Etzhara memeluk Kenny, dan merebahkan kepalanya di dada pria itu untuk mendapatkan kehangatan.

"Zha," bisik Kenny lembut.

Etzhara mendongakkan kepalanya.

Ditatapnya mata gadis itu dengan mesra. Dalam keromantisan suasana, bola mata itu bersinar-sinar layaknya kelipan bintang-bintang di langit, yang membuat jantung Kenny berdebar-debar keras dan memompa darahnya mengalir semakin cepat. Perlahan-lahan Kenny menundukkan kepalanya, dan mengecup kening gadis itu dengan mesra, lalu berkata, "Aku mencintaimu."

Etzhara tersenyum manis. Ketika tersenyum, lesung pipit di pipi kirinya melekuk ke dalam. Senyuman itu mengingatkan Kenny pada waktu pertama kalinya ia melihat Etzhara di dalam kelas.

Etzhara berkata, "Aku juga Ken. Aku juga mencintaimu."

Kemudian Kenny menundukkan kepalanya semakin ke bawah lagi. Sambil memejamkan mata, dikecupnya bibir mungil yang separuh terbuka itu tepat di sudut bibir. Ia mengecupnya begitu berhati-hati, begitu lembut, seolah-olah takut bibir itu akan terluka.

Kenny termenung sambil menatap langit. Ia memperhatikan bintang-bintang yang bergemerlapan dengan iringan musik-musik berirama santai dari tape mobil. Ia tak tahu banyak tentang langit. Ia tak tahu apa yang sebenarnya sedang terjadi di atas sana. Tapi yang ia tahu pasti, ia merasakan suatu perasaan khusus setiap kali melihat ke atas; suatu perasaan nyaman yang tak bisa diungkapkan dengan kata-kata. Lalu Kenny mengalihkan pandangannya ke arah Etzhara yang telah tertidur pulas dalam pelukannya, dan ia segera menyadari bahwa saat itu adalah saat yang paling indah dalam hidupnya. Tak lama ia juga menyadari bahwa saat yang indah itu pernah terlintas sesekali dalam lamunannya. Dan sekarang telah menjadi kenyataan.

Kenny mencuri lirik ke pergelangan kiri Etzhara. Saat itu pukul 3.30 dinihari. Tinggal beberapa jam lagi, pikirnya. Sesekali ia memejamkan mata berharap detik jam itu berhenti berputar. Namun setiap kali matanya terbuka, ia menemukan detik jam itu berputar semakin cepat seperti tak terkendali. Kenny menyadari waktu tak bersahabat lagi baginya. Ia merasa saat-saat indah itu mulai memudar, dan rasa takut pun kerap kali muncul menghantui pikirannya; rasa takut akan kehilangan Etzhara, rasa takut akan merasakan kehampaan, dan rasa takut lainnya yang singgah memberikan racun di otaknya. Kenny memejamkan matanya erat-erat agar tidak memikirkannya lebih jauh lagi. Tapi ia malah semakin menyadari bahwa beberapa jam yang masih tersisa hanyalah merupakan detik-detik terakhirnya menuju kehancuran.

Berselang satu jam kemudian, Kenny merasakan sapaan embun-embun pagi membasahi sekujur tubuhnya. Ia ingin bergerak, tapi tak mampu. Namun bukanlah dinginnya hawa pagi yang membuatnya kaku, melainkan pelukan Etzhara yang memeluk tubuhnya erat yang membuatnya seakan membatu. Kenny tak ingin dan tak tega gerakannya akan membangunkan seorang puteri yang sedang tertidur pulas di atas dadanya yang berbidang itu.

Bintang-bintang mulai memudar dari cakrawala, dan senyuman bulan telah terlihat menipis. Tak lama seberkas sinar kemerah-merahan muncul di ufuk timur, dan semakin lama semakin menguasai keseluruhan langit-langit. Kenny memperhatikan pergantian warna yang indah di langit itu, dan menikmatinya. Ia menghirup udara pagi dalam-dalam sambil merasakan belaian sinar matahari yang mulai memberikan hangat di tubuhnya.

Ada gerakan-gerakan di dadanya. Kenny menundukkan kepala dan melihat Etzhara dengan mata sayu-sayu menatapnya. "Selamat pagi," sapanya dengan nada menggoda.

Dan memang gadis itu tergoda. Ia tersenyum malu, lalu melepaskan pelukannya dari badan Kenny dan duduk sambil memegangi kedua lututnya menghadap ke depan.

"Enak tidurnya?" lanjut Kenny.

"Berapa lama aku tertidur, Ken?"

"Cuma sebentar. Masih mengantuk ya?"

Etzhara tersenyum sekali lagi.

Kenny kembali menikmati indahnya panorama pegunungan di pagi itu untuk yang terakhir kalinya. Sementara Etzhara duduk tegak lurus sambil mencoba melawan hantu-hantu tidur yang masih tersisa di matanya. Tak lama Kenny turun dari kap mobil dan berkata, "Zha, sebaiknya kita pulang sekarang. Ayahmu pasti sudah menunggumu."

Etzhara melirik pergelangan kirinya, lalu berkata, "Tidak mungkin. Sekarang baru jam enam." Ia ingat pesawatnya baru akan tinggal landas pukul 13.00 siang nanti. Masih tersisa tujuh jam lagi. Masih cukup waktu, pikirnya.

Mereka menyempatkan diri mampir ke warung kecil di pinggiran jalan untuk sekedar mengisi perut. Mereka memesan roti bakar dan teh hangat. Mereka juga menggunakan waktu itu untuk ke kamar kecil yang berada tak jauh dari warung.

Selagi menunggu Kenny kembali dari kamar kecil, Etzhara melamun. Ia melamunkan hubungannya dengan Kenny. Apakah aku bisa bertahan selama tiga tahun tanpanya? pikirnya ragu. Ia menyadari hari terakhirnya dengan pria itu telah berlalu. Rasa takut mulai mengambil alih semua pikirannya.

Tak lama, Kenny kembali dan duduk di kursi panjang yang terbuat dari kayu itu. Ia menghirup teh panasnya sedikit demi sedikit, lalu berkata, "Kau sudah mempersiapkan semua keperluanmu untuk di sana?"

Etzhara mengangguk dan mulai menyusun kata-kata dalam pikirannya. Tak lama ia berkata, "Em...Ken, menurutmu apakah aku telah membuat keputusan yang salah dengan pergi ke New York?" Ia tahu sudah terlambat baginya untuk membatalkan kepergiannya. Lagipula hal itu tak pernah menjadi keputusannya, melainkan keputusan ayahnya yang tak bisa diganggu gugat.

Walaupun sadar kepergian Etzhara akan menghancurkannya, Kenny tidak berpikir untuk memikirkan dirinya sendiri. "Kau ke sana untuk belajar, bukan untuk sesuatu yang tidak jelas."

"Tapi bila kau berada pada posisiku, apakah kau akan melakukan hal yang sama?"

Kenny berusaha meyakinkan Etzhara. "Zha, banyak hal dalam hidup ini yang berjalan tidak sesuai dengan apa yang kita inginkan. Memang sangat mengecewakan, sangat mengesalkan, tapi hal itu akan menjadi pengalaman yang baru bagi kita. Jadi maksudku, aku juga akan melakukan hal yang sama bila berada pada posisimu saat ini."

"Tapi tiga tahun bukanlah waktu yang sebentar."

"Aku tahu, tapi percayalah pada takdir. Bila kita memang telah berjodoh, maka kita pasti akan disatukan kembali."

Etzhara melihat sekeliling untuk meyakinkan bahwa percakapan mereka tak didengar orang lain. "Ken, aku sangat mencintaimu."

Kenny tersenyum dan mengalihkan, "Sempatkan waktu untuk menelponku ya?"

"Pasti," tegas Etzhara. "Aku pasti akan menelponmu setiap sebulan sekali."

Bab 9

9 September 1997 — NEW YORK

Apartemen setinggi enam puluh tingkat itu terletak tak jauh dari jantung kota New York. Ayah Etzhara telah memutuskan untuk tinggal di tempat yang cukup mewah itu. Namun karena kesibukan kantornya yang berlebihan dan urusan bisnis-bisnis lain yang bersifat mendadak, membuatnya jarang sekali pulang ke apartemen. Etzhara tak pernah mempersoalkan hal itu. Ia sudah disibukkan dengan masalahnya sendiri yang harus dihadapi.

Di awal bulan itu dunia Etzhara seakan mulai runtuh. Setiap hari ia lalui dengan mengurung diri di dalam kamar apartemennya yang bernuansa warna krem tataan ahli-ahli interior di kota setempat. Ia masih belum siap untuk memulai kuliahnya, atau bahkan untuk bersosialisasi dengan lingkungan tempat tinggalnya. Ia tenggelam dalam kesedihan, dan menyesali nasib yang memaksanya ke tempat itu. Tak ada lagi yang dapat dilakukan siapa pun untuk merubah nasibnya itu. Datang ke New York merupakan suatu kesalahan.

Siang itu Etzhara memaksakan diri untuk keluar dari apartemennya. Ia mengelana di jalan-jalan kota yang masih asing itu tanpa tujuan. Ia melewati bangunan-bangunan pertokoan, perkantoran, dan juga taman-taman kota. Sepanjang perjalanan, gadis itu ditemani oleh suasana frustasi yang pahit. Ia merasa telah kehilangan semua kebahagiannya, dan yang tersisa hanyalah gambaran kalbu penuh kesedihan di tempat yang asing itu selama tiga tahun mendatang.

Pada pukul 17.30 Etzhara telah berdiri kembali di depan gedung apartemennya. Ia merasa lelah, baik secara fisik maupun mental. Setelah berada di dalam apartemennya, ia segera duduk di sofa panjang depan televisi. Ia merasakan butiran-butiran air hangat keluar dari dalam pori-pori tubuhnya.

Pukul 19.15, ia duduk seorang diri di meja makan memandangi makan malamnya. Dalam perjalanannya tadi ia sempat membeli Erwtensoep, sup kacang polong Belanda yang terkenal, dan Boerenkool Met Worst, yang terdiri atas tiga belas sayur mayur dan sosis asap, dengan harga yang lumayan murah. Sayangnya, semua makanan yang terlihat lezat itu hanya disantapnya dengan terpaksa karena ia sadar tempat yang baru itu juga telah mengambil selera makannya. Namun ia tetap harus menjaga stamina tubuhnya.

Selagi makan, Etzhara mengalihkan pandangannya ke arah televisi. Ia melihat banyak sekali kejadian-kejadian menyedihkan yang sedang terjadi di dunia sekarang ini. Ada kebakaran di gedung-gedung bertingkat, ada bencana alam, ada pemboman dan peperangan dimana-mana yang sudah tak terhitung lagi berapa banyak jiwa tak berdosa terrenggut, ada penipan di bank-bank besar, ada penggusuran tanah yang menyiksa kaum papa, ada perampokan dan pemerkosaan, dan ada pula penyakit-penyakit yang tak dapat disembuhkan. Dunia ini memang sungguh menyedihkan, pikir Etzhara. Lalu ia bertanya-tanya, Apakah ini dunia yang layak untuk kuhidupi? Untuk kekacauan-kekacaun seperti inikah aku hidup selama ini?

Seusai makan malam, Etzhara menuju ke kamar mandi dan memasang air panas. Ia tanggalkan seluruh pakaiannya dan membaringkan diri ke dalam bak yang berisi air hangat beruap itu. Belum lama bersandar dalam bak, ia teringat malam terakhirnya di Jakarta bersama Kenny. "Aku Mencintaimu, Zha," kata-kata itu terdengar begitu jernih di pikirannya hingga ia bisa merasakan kehadiran Kenny saat itu.

Hangatnya air seakan-akan mengambil rasa lelah dan membuatnya merasa sangat nyaman dengan berbaring di bak itu. Ia menghabiskan waktu berjam-jam di sana, hanya berbaring dan memejamkan mata. Beberapa kali ia tak sadarkan diri karena rasa kantuk sudah mulai menguasainya. Sebaiknya aku segera tidur, pikirnya. Lalu ia bangkit dari bak mandi untuk bersiap-siap pergi tidur.

Sebelum merebahkan diri, ia duduk di tepian ranjang dan menekan tombol untuk memadamkan lampu. Kamar menjadi gelap. Kesepian mulai melanda dirinya. Tanpa disadari ia telah membiarkan dirinya bergantung pada Kenny. Ia sandarkan kepalanya ke bantal dan menutup mata. Besok, tegasnya, akan kutelpon Kenny.

14 September 1997

Bayangan Etzhara selalu melintas dalam pikirannya. Tak sehari pun, dalam dua minggu ini, Kenny lewati tanpa memikirkan gadis itu. Ia telah mencoba banyak cara untuk mengalihkan pikirannya. Tapi, entah bagaimana, senyuman Etzhara tak pernah hilang dari ingatannya. Perasaan cinta Kenny pada Etzhara layaknya seseorang yang ketagihan suatu obat; tak bisa hidup tanpa hal itu, tapi justru membunuhnya hanya dengan memikirkan hal itu.

Malam itu Kenny tak dapat tidur. Ia merasa amat gelisah. Hari-hari yang ia lewati tanpa Etzhara terasa bagaikan di alam kematian yang abadi. Bayangan masa lalu silih berganti bermain api dalam benaknya, tak sanggup ia usir. Kenny menatap langit-langit kamar di atas ranjangnya. Kesepian mulai menghantuinya. Ia sadar gairahnya untuk hidup telah hilang. Walaupun bintik-bintik embun masih selalu menyapa datangnya pagi, dan walaupun sang mentari masih selalu muncul di ufuk timur, tetap saja ia tak mampu mengembalikan gairah hidupnya seperti yang dulu lagi. Dan sekeras apapun ia mencoba untuk menemukannya kembali, yang didapat hanyalah sebuah jalan buntu. Matanya pun seakan hanya dapat melihat hal-hal yang berhubungan dengan Etzhara. Dan hal itu membuatnya semakin terpuruk dalam kesedihan dan kesengsaraan.

8 Oktober 1997

Anita baru saja kembali dari Pekan Baru, dan bagi Kenny hal itu merupakan hal yang paling menggembirakan yang bisa dirasakannya dalam sebulan terakhir. Memang Kenny sempat merasa kecewa pada Anita, yang tidak pulang ke Jakarta setiap sebulan sekali seperti yang pernah dijanjikan. Namun hal itu tak dirisaukannya lagi, mengingat kedatangan gadis itu saat itu berarti banyak baginya. Kenny sedang benar-benar membutuhkan seseorang di sisinya untuk melewati hari-hari sulitnya semenjak ditinggal Etzhara. Kehadiran Anita sangat membantunya. Namun ia tak tahu ada kabar yang cukup mengejutkan yang dibawa serta sahabatnya itu ke Jakarta.

Siang itu Kenny sedang berada di rumah Anita. Rumah Anita terletak di pinggiran jalan raya di wilayah Jakarta Timur. Rumah itu dikelilingi oleh dinding-dinding beton yang menjulang tinggi. Sisi barat rumah dihiasi pot-pot tanaman dan dua pohon besar yang terlilit oleh tali untuk menjemur pakaian. Rumah itu juga mempunyai taman depan dan taman belakang yang bunganya bermekaran dengan indah bila sedang musimnya. Kenny dan Anita sedang berbincang-bincang di beranda rumah itu.

"Kau tidak pergi ke rumah pacar LIA-mu hari ini?" tanya Anita dengan nada agak menyindir. Anita masih belum mengetahui tentang kepergian Etzhara ke New York. Namun ia sudah mengetahui hubungan yang cukup serius antara Kenny dengan gadis itu, karena Kenny sempat memberitahukannya di telepon beberapa bulan lalu.

Pertanyaan yang diajukan sahabatnya itu memaksa Kenny tertunduk lesu. Ia tak tahu bagaimana harus menjawabnya karena dengan hanya memikirkan Etzhara saja sudah bisa membuat hatinya retak, apalagi harus membahasnya. Namun ia sendiri tahu bahwa tujuan utamanya ke rumah Anita hari itu adalah untuk mencucurkan rasa sakit di hatinya, selain hanya untuk sekedar mengunjungi sahabat sejatinya itu. Maka, atas dasar itulah Kenny mulai menggambarkan kepedihan di hatinya pada Anita.

Mendengar kisah cinta tragis yang dituturkan Kenny, Anita terkejut. Ia hampir tak bisa berkata apa-apa karena tak tahu nasehat apa yang paling tepat untuk meringankan rasa sakit sahabatnya itu. "Oh...Ken, maafkan aku," katanya dengan penuh sesal.

"Untuk apa?"

"Karena tak berada di sisimu saat kau membutuhkanku."

"Sudahlah Ta, yang sudah berlalu biarlah berlalu." Kenny tahu kata-kata itu terucap hanya untuk mengurangi rasa bersalah Anita. "Lagipula kau kan sudah kembali," lanjutnya. "Jadi sekarang aku sudah tak sendirian lagi, dan setidaknya kau bisa membantuku melewati hari-hari yang sulit ini."

Keyakinan Kenny yang seharusnya membuat rasa bersalah Anita berkurang, justru sangat membebaninya. Ia merasa tertekan mendengar pujian yang dilontarkan padanya tadi, karena ia membawa berita dari Pekan Baru yang mungkin akan menghancurkan Kenny. Ia sempat terdiam cukup lama sebelum akhirnya menguatkan diri berkata, "Ken, maafkan aku sekali lagi."

Kenny mengerutkan dahi, tak dapat memahami permohonan maaf Anita. "Mengapa kau minta maaf terus padaku?"

Anita terdiam lagi, lalu berkata, "Aku hanya sebentar di sini. Aku harus kembali lagi ke Pekan Baru."

Kenny diam, tak bereaksi. Ia tak tahu harus berkata apa. Tapi ia tahu dalam hatinya ada semacam ledakan jiwa yang seakan mampu mengguncangkan kesadarannya saat itu.

"Kontrak kerjaku di sana diperpanjang dua tahun lagi," lanjut Anita. Lalu ia memandang Kenny dengan penuh sesal. "Ken, maafkan aku ya. Aku mengecewakanmu lagi."

Kenny memaksakan diri tersenyum. "Jangan bilang seperti itu. Kau hanya melakukan apa yang harus kau lakukan. Lagipula kau tak mempunyai pilihan lain kan?" Kenny memegang tangan Anita. "Sudahlah, aku akan baik-baik saja kok."

"Mungkin kau bisa bilang seperti itu, Ken, tapi aku merasa...."

"Bersalah?" potong Kenny cepat-cepat.

Anita mengangguk-angguk. "Iya..."

"Kenapa harus merasa bersalah? Aku masih bisa menelponmu kan? Atau aku sudah tak diperbolehkan membangunkanmu malam-malam lagi untuk curhat?" tanya Kenny dengan nada bercanda.

"Boleh sih, tapi maksudku...."

"Sudahlah Ta," potong Kenny sekali lagi. "Kita kan sudah berteman sejak lama, jadi kau tak perlu selalu mempermasalahkan hal-hal seperti ini."

Anita masih mengangguk-angguk, dan mulai tersenyum. Namun ia tahu perkataan Kenny tadi tak akan membawa pergi rasa bersalahnya dengan semudah itu.

Di sepanjang perjalanan pulang dari rumah Anita, Kenny tak mampu mengendalikan perasaannya. Batinnya pun kerap kali mengeluh bertanya, Mengapa? Tak lama Kenny mengepalkan tangannya saat merasa ada tekanan yang sangat kuat meledak di dalam jiwanya. Aku harus bertahan, tegasnya. Aku pasti bisa! Hanya niat itulah yang ia miliki sekarang. Itulah satu-satunya hal yang masih mampu ia pertahankan.

Bab 10

28 Oktober 1997 — NEW YORK

Waktu telah kehilangan artinya. Baik siang maupun malam, yang kerap kali muncul di kepalanya adalah kota Jakarta. Jakarta memang mempunyai arti tersendiri bagi Etzhara, karena Jakarta berarti Kenny, dan Kenny adalah cintanya.

Etzhara merasa cinta berlaku tidak adil padanya. Ia seakan telah dikutuk untuk tidak boleh merasakan cinta. Dimulai dari pria-pria yang pernah berhubungan dengannya sampai Mario. Dan seakan masih haus akan darah, kutukan cinta juga ingin mengambil Kenny. Tapi mengapa? Belum cukupkah jutaan air mata yang telah ia berikan untuk memuaskan kutukan cinta itu? Mengapa? Hanya satu kata itu yang kerap kali Etzhara tanyakan. Hampir setiap malam ia menangis tak berdaya, berusaha menemukan jawabannya. Tapi jawaban yang didapat hanyalah ratusan hari ke depan yang tak ada harganya lagi.

Malam itu, sebelum tidur, Etzhara duduk termenung di atas ranjangnya memandangi kalender. Ia menghitung-hitung hari, menghitung berapa hari lagi yang harus dilewatinya untuk menuju tiga tahun ke depan. Suatu hari nanti...aku pasti akan kembali, yakin Etzhara. Ia mengerti artinya kini. Ia harus mulai memfokuskan diri pada kuliahnya yang telah terabaikan selama sebulan. Tiba-tiba ada mata air kekuatan muncul dalam dirinya. Aku harus bisa! tegasnya. Aku harus kembali untuk Kenny, dan untuk diriku sendiri. Etzhara sadar semakin cepat ia menuntaskan kuliahnya, maka semakin cepat pula ia bisa kembali ke Jakarta dan melepaskan rindunya pada Kenny. Ia berdiri, mengambil tas ransel kecil dari dalam lemari, lalu memasukkan beberapa buah buku. Besok, tegasnya, aku harus masuk kuliah.

Alaramnya berbunyi, pelan tapi semakin lama semakin keras hingga memekakkan telinga. Ia tahu sudah waktunya untuk bangun dan segera merealisasikan niatnya semalam. Etzhara merasakan ada kekuatan yang maksimal dari dalam tubuhnya. Kekuatan itu ia dapat dari perasaan cintanya pada Kenny.

Hal pertama yang selalu dilakukannya untuk memulai suatu hari adalah duduk di tepian ranjang selama beberapa menit hingga kesadarannya pulih. Setelah mendapatkan cukup tenaga, ia bangkit berdiri dan berjalan menuju kamar lain yang ada di dalam apartemen itu. Ia buka pintu kamar tanpa suara. Ternyata kosong. Ayah tidak pulang lagi semalam, keluhnya. Lalu ia mematikan semua lampu dan membuka semua tirai hingga sinar matahari pagi dapat menembus masuk ke dalam ruangan. Kemudian ia pergi ke dapur dan membuat secangkir teh untuk dinikmati di balkon apartement.

Hujan semalam menyebabkan pelangi muncul di atas langit biru yang cerah bagaikan goresan kuas pelukis di atas kanvas. Dari tepian balkon ia melihat ke bawah, ke arah gereja St. Joseph yang dikelilingi oleh kendaraan-kendaraan yang ingin memulai aktivitas. Tak jauh dari gereja itu terlihat kemacetan mulai menghiasi setiap ruas-ruas jalan. Sambil menghirup teh panas sedikit demi sedikit, Etzhara mendongakkan kepalanya memandang seberkas sinar yang terhalangi oleh gedung-gedung pencakar langit dan berkata, "Hari yang baru." Ia segera menyusun rencana-rencana untuk hari yang baru itu.

Pada pukul 11.00 Etzhara telah menemukan dirinya sedang memandang dengan seksama ke arah sebuah bangunan yang sangat megah di hadapannya. Bangunan itu merupakan bangunan terindah yang pernah ia lihat secara nyata dalam hidupnya. Adalah Duke University, tempat kuliahnya, yang membuatnya terpesona.

Bangunan yang dikelilingi pohon-pohon rindang itu berdiri kokoh di atas rerumputan hijau yang sangat terawat. Bangunan itu tidak memiliki pagar pembatas. Tak jauh dari pintu masuk ada sebuah patung seseorang yang pernah terkenal pada jamannya. Lapangan parkir, yang bisa menampung ratusan mobil, menghiasi sisi kiri bangunan. Di sisi kanannya terdapat meja-meja panjang berikut tempat duduk yang bisa digunakan untuk belajar ataupun bersantai. Tak juga ketinggalan, lapangan sepak bola dan lapangan football berada di bagian belakang bangunan.

Etzhara melangkahkan kakinya dengan pasti menuju pintu masuk. Ia berjalan melintasi keramaian orang-orang yang sedang duduk-duduk di bawah pepohonan. Ia melihat orang-orang berkulit hitam, berkulit putih, berambut pirang, bermata sipit, dan banyak lagi. Sepertinya semua suku bangsa bisa ditemukan di tempat itu. Etzhara merasa lega karena ia bukan satu-satunya orang asing di tempat itu.

Ia masuk ke kelas yang telah memulai perkuliahan. Ia duduk di kursi paling belakang dalam ruangan yang besar itu, dan berusaha mengikuti perkuliahan. Namun kerap kali pikirannya teracuni oleh kesendiriannya di kota New York dan penantiannya yang seakan tak berujung.

10 Januari 1998

Kapal pesiar itu berkilau-kilau ditimpa sinar matahari. Seluruh layarnya terkembang sempurna. Beberapa bagian dari kapal terbuat dari kayu jati yang kokoh dan terpoles dengan warna yang mengkilap. Kenny dan Etzhara berada di atas kapal itu. Mereka berdiri di geladak memandang lautan yang biru bersinar. Kenny memeluk Etzhara dari belakang sambil menikmati terpaan angin-angin hangat yang membelai ramah tubuhnya. Kenny merasa begitu bahagia.

Kenny terbangun dari tidurnya dan segera menyadari kebahagiaan itu hanyalah sebuah mimpi semu semata; sebuah mimpi indah yang sangat menyakitkan. Ia duduk termenung dalam kegelapan dan mengingat lebih rinci mimpinya tadi. Seluruh ingatannya membeku oleh dinginnya kehampaan yang begitu hebat. Lalu kegelapan kamar seakan berbicara padanya dan membuatnya ragu bahwa mimpi itu dapat menjadi kenyataan. Tiba-tiba ada teriakan-teriakan kepahitan muncul dalam kepalanya, yang membuatnya semakin tak berdaya lagi. Ia tak tahu siapa yang harus disalahkan dalam hal ini. Etzhara-kah, atau ayahnya, atau bahkan dirinya sendiri yang begitu haus akan kasih sayang gadis itu?

Saat itu Kenny merasa seakan dirinya sedang berdiri di tepian jurang. Dan mimpinya tadi telah mendorongnya jatuh ke jurang yang amat dalam. Tapi haruskah ia pergi dan membawa mati semua impiannya? Bila tidak, apalah arti hidupnya tanpa kehadiran Etzhara? Apalah arti siang dan malam tanpa bisa merasakan sentuhan gadis itu? Tiada artinya; bumi akan mengguncang matahari dan membunuh indahnya bulan, lalu akan membawanya ke dalam kesengsaraan yang abadi.

Kenny kembali merebahkan diri, lalu memaksa memejamkan matanya. Benaknya mulai mengeluh, Aku tak tahan lagi. Tiga tahun sangat lama. Aku mungkin sudah mati sebelum hari itu tiba. Kenny menyadari perahu cintanya telah menabrak sebuah karang yang besar di tengah lautan. Perahunya mulai tenggelam, dan tak lama lagi akan menghilang dari permukaan air.

Setiap sebulan sekali, secara rutin, Etzhara menelponnya untuk memberikan kabar atau hanya untuk melepas rindu sesaat. Namun beberapa bulan terakhir gadis itu seakan membisu, tak memberikan kabar sama sekali. Apa yang terjadi dengannya? Mengapa ia berhenti menelponku? Apakah ia menemukan pria lain di sana? Pertanyaan-pertanyaan seperti itu kerap kali muncul dalam benak Kenny. Tapi tak setitik jawaban pun ia dapatkan. Kenny menjadi galau. Bila ia memiliki sepasang sayap, ia pasti akan terbang ke New York untuk melihat keadaan Etzhara.

Hampir setiap tengah malam Kenny dibangunkan oleh mimpi-mimpinya yang indah, yang juga kejam dan menyakitkan. Ia sudah merasa lelah bertemu Etzhara di alam tak sadarnya itu. Ia sudah tak berdaya lagi menahan semua hal yang dirasakannya. Malam hari ia harus berhadapan dengan mimpi-mimpinya yang palsu, sementara di siang hari ia harus bersusah payah membersihkan racun-racun yang telah mengotori pikirannya itu.

Kenny hampir tak sanggup lagi berimajenasi, karena mimpi-mimpinya dan racun-racun di pikirannya telah menyedot habis semua kekuatannya untuk bertahan. Yang tersisa sekarang hanyalah kehampaan yang menyakitkan. Saat itu Kenny layaknya sebuah pulpen rusak dihadapan selembar kertas kosong. Tak berguna. Tiada artinya.

Hari demi hari terlalui, dan setiap harinya terasa sama bagi Kenny. Hari ini sama seperti kemarin, kemarin sama seperti kemarin lusa, dan selanjutnya. Bahkan ia seakan bisa memastikan akan seperti apa hari esok. Hal itu membuatnya merasa begitu muak akan hidup ini, belum lagi ia juga harus memikirkan semua hal tentang Etzhara. Kenny sudah lelah untuk terus menghadapi situasi yang sama, dengan kegiatan dan perasaan yang sama pula setiap harinya.

Di dalam rumah, tidak ada kegiatan yang bisa ia lakukan selain makan dan tidur. Kalau pun ada kegiatan lain, kegiatan itu adalah berkhayal. Namun khayalan yang pada awalnya terasa menyenangkan harus berakhir dengan tragis setelah menyadari bahwa itu semua hanya terjadi dalam kepalanya saja. Sedangkan di luar rumah, semua kegiatan yang dilakukan Kenny adalah kegiatan-kegiatan yang tak berguna baginya, termasuk kuliah. Ia sempat berpikir, apakah itu yang dinamakan kehidupan, atau hanya hidupnya sajakah yang seperti itu? Belakangan ini ia merasa hidup tak memberikan sesuatu yang berarti baginya. Tapi apa yang sebenarnya ia harapkan dari hidupnya saat itu? Ia butuh sesuatu yang baru. Tapi apa?

Akhirnya jawaban itu terjawab juga. Suatu hari Kenny pergi mengunjungi rumah teman kuliahnya. Namanya adalah Leo. Leo adalah seorang remaja seumuran Kenny dengan postur badan tinggi kurus, rambut tipis halus, dan sepasang mata hitam pekat dengan tatapan tajam yang seakan dapat melukai siapa pun yang sedang beradu tatap dengannya. Hubungan Kenny dengan pria itu memang hanya sebatas teman biasa, namun tak jarang mereka saling bercerita tentang banyak hal.

"Ayo masuk," ajak Leo. "Langsung saja ke atas, ke kamarku."

Kamar Leo sangat berantakan. Buku-buku dan lembaran-lembaran kertas berserakan dimana-mana. Seprei tempat tidurnya acak-acakan, bahkan bisa ditemukan beberapa puntung rokok di atasnya. Asbak dan keranjang sampah yang ada di ruangan itu hampir tak ada gunanya lagi. Televisi dibiarkan menyala tanpa suara, sementara volume radio begitu keras. Ada beberapa buah gelas dan botol yang sudah tak terisi air di salah satu sudut ruangan. Di sudut lainnya ada pula seperangkat besi-besi tua yang tak jelas mengapa harus berada di sana. Sebuah gitar direbahkan begitu saja di bawah tempat tidur, dan sepertinya sudah tak pernah digunakan lagi selama berbulan-bulan. "Mau pinjam CD, ya?" tanya Leo pada Kenny. "Cari saja di sana." Tangannya menunjuk ke arah suatu tumpukan yang sudah menggunung.

Sementera Kenny mengobrak-abrik seluruh isi kamar dengan menyisir dari satu sudut ruangan ke sudut lainnya, Leo mengambil bungkusan rokok yang tergeletak di lantai di dekatnya dan mengeluarkan sebatang rokok berukuran mini dari dalamnya. Lalu ia membakar ujung rokok itu dan menghisapnya dalam-dalam. Sepintas Kenny sempat memperhatikan aktivitas temannya itu, namun tak menaruh curiga.

Setelah Kenny menemukan barang yang ia cari, Leo memberikan rokok yang telah ia hisap tadi padanya. Dan Kenny pun menolaknya dengan berkata, "Aku masih punya rokok."

Setengah jam berlalu. Kenny memutuskan untuk pulang. "Kenapa cepat-cepat?" tanya Leo sambil menyenderkan tubuhnya ke dinding.

"Masih ada hal yang harus kulakukan."

Lalu Leo mengeluarkan sebatang rokok yang sama seperti sebelumnya. "Ini untukmu di rumah," katanya seraya menyerahkannya pada Kenny.

Kenny mengerutkan dahi, karena hal itu terasa aneh baginya. Mengapa Leo menawariku lagi? pikirnya. "Aku masih punya rokok."

"Ini bukan cuma sekedar rokok biasa. Ini sudah dicampur dengan ganja."

Ganja? pikir Kenny. Pantas saja ia begitu menikmatinya.

Leo kembali menyodorkan batangan rokok itu pada Kenny. "Sudahlah, terima saja. Kau membutuhkan rokok ini."

Kenny tak mengerti apa maksud Leo. "Maksudmu?"

"Maksudku, saat ini kau lebih membutuhkan rokok ini untuk mengalihkan pikiranmu sementara dari bayang-bayang pacarmu yang sedang di luar negeri, atau setidaknya untuk berhenti sejenak dari kenyataan pahit itu." Leo menghela nafas sesaat, lalu kembali melanjutkan, "Sejujurnya aku sudah bosan harus mendengarmu mengeluh terus setiap hari karena rasa sakit yang sedang kau rasakan."

Kenny mengerutkan dahi seakan tak mempercayai perkataan Leo. "Tapi bagaimana mungkin rokok ini dapat...."

"Sudahlah," Leo memasukkan batangan rokok tadi ke dalam saku kemeja Kenny, "percayalah padaku. Lagipula tidak ada salahnya kan mencoba sesuatu yang salah untuk tujuan yang baik?"

Kenny mulai berpikir bahwa rasa kehilangan yang sedang ia rasakan belakangan ini sudah mencapai tingkat yang cukup parah. Orang-orang di sekitarnya telah lama menyadari hal itu. Bahkan beberapa di antara mereka sudah menyerah untuk mendengarkan semua keluhannya, dan kini Leo pun turut serta. Mungkin Leo juga ada benarnya, pikir Kenny, kadang seseorang butuh melarikan diri dari kenyataan. Kadang seseorang butuh berlari sejauh mungkin hingga menemukan tempat yang tepat untuk bersembunyi dari kenyataan yang pahit. Lalu ia mengangguk-angguk seakan sependapat dengan Leo. "Baiklah, akan kucoba."

Memang tak bisa dipungkiri sudah begitu banyak orang yang mengatakan bahwa melarikan diri bukanlah merupakan cara yang tepat untuk menyelesaikan masalah. Dulu Kenny mempercayai hal itu. Tapi kini tidak lagi. Ia butuh melarikan diri sejenak.

Malamnya, Kenny duduk seorang diri di dalam kamarnya memandangi sebatang rokok yang Leo percayai dapat membawanya terbang ke dunia lain. Ia mendengar teriakan-teriakan dalam kepalanya. Ada yang berteriak "Tolong!", ada yang berteriak "Jangan!", ada yang berteriak "Bawalah aku pergi dari sini!", dan sejuta teriakan lainnya yang saling sahut-menyahut sehingga ia merasa seperti sedang berada di tengah-tengah kerumunan orang banyak. Lalu ia memejamkan matanya erat-erat, berusaha mendengar satu teriakan yang sangat jelas. Dan teriakan yang didengarnya adalah, "Bawalah aku pergi dari sini!"

Dibukalah matanya perlahan-lahan dan menatap dalam-dalam sebatang rokok yang terjepit di antara jari-jemarinya. Apa ini? tanya Kenny dalam hati. Apakah racun yang kupegang ini dapat membawa pergi rasa sakitku? Lalu ia raih pematik api gas dari atas meja belajar, dan menggesekkannya hingga mengeluarkan api. Ia mengambil beberapa detik terlebih dulu sebelum akhirnya menyelipkan batangan rokok itu di antara bibirnya. Inilah saatnya, katanya dalam hati.

Saat ujung rokok terbakar hingga menjadi bara api yang menyala-nyala, Kenny mengambil hisapan pertama yang membuatnya terbatuk-batuk. Tapi hal itu tak menghentikannya. Ia melanjutkan dengan hisapan-hisapan berikutnya hingga tenggorokannya mulai terasa begitu gatal dan pandangan matanya mulai memburam. Namun ia tetap bersikeras untuk menghabiskan satu batang rokok itu.

Keanehan-keanehan mulai terjadi. Ia merasa sekujur tubuhnya bergetar tak menentu, seakan gempa bumi sedang terjadi. Bahkan seluruh ruangan kamar pun terlihat bergerak naik-turun. Cepat-cepat Kenny memejamkan matanya karena tak tahu bagaimana harus menyikapi semua keanehan yang sedang terjadi. Lima belas menit kemudian semua getaran itu telah berakhir, namun keanehan masih tetap menyertainya. Kali ini dirinya seperti tak bisa berhenti tersenyum. Ia merasakan kelucuan yang sangat tidak lazim saat melihat dua ekor cicak yang sedang berkejar-kejaran di dinding. Ia ingin tertawa keras-keras, tapi masih bisa ditahan.

Lima belas menit lagi terlewati, dan Kenny telah merasa muak untuk terus tersenyum. Rahang mulutnya seakan telah kaku, tak dapat bergerak sedikit pun. Kini yang ia ingini hanyalah diam sambil menatap dinding-dinding kamar dengan tatapan kosong. Ia sudah tak sadar lagi dengan apa yang sedang dilakukannya.

Dahaga mulai menyerang. Ia merasa seperti sedang berada di tengah-tengah gurun pasir. Ingin rasanya Kenny keluar dari ruangan itu untuk mengambil sebotol air dingin dari dalam lemari es. Namun seluruh tubuhnya terasa begitu lemas. Maka disenderkanlah tubuhnya ke dinding, seakan sedang berjemur di pinggiran pantai. Dan entah mengapa, rasa hausnya hilang begitu saja. Tak lama, matanya sulit sekali untuk terbuka. Ia telah coba paksakan, tapi hanya terbuka sedikit saja. Lalu ia merasa gatal-gatal di sekujur tubuhnya. Namun semakin membabi buta ia menggaruk, ia tetap tak bisa menemukan pusat gatal itu.

Kenny ingin sekali memikirkan sesuatu, tapi tak mampu. Ia paksakan otaknya untuk bekerja lebih keras hingga terlintas satu nama dalam kepalanya; Etzhara. Siapa dia? pikir Kenny. Rasanya sering sekali kudengar nama itu. Tapi peduli apa aku dengannya? Aku hanya ingin santai saat ini. Ia pun mulai berkhayal. Ia berkhayal ada orang lain di dalam kepalanya yang sedang mengambil alih semua pikirannya. Tapi itu tak menjadi masalah baginya karena yang penting ia merasa bebas; tidak ada satu hal pun yang harus dipikirkan atau dirasakannya dalam hati. Ia merasa sangat luar biasa bebas. Ia merasa dirinya sudah sampai di tempat yang ia ingini, di dunia lain di alam bawah sadarnya. Dan ia merasa betah tinggal di dunia yang baru itu.

Satu jam telah berlalu, dua jam dan tiga jam pun mengikuti. Selama itu pikiran Kenny melayang begitu tinggi dan jauh, entah kemana. Bahkan ia tak bisa mengingat apa yang baru saja melintas dipikirannya semenit yang lalu. Bagi Kenny, dunia yang baru dipijaknya itu sangat layak untuk ditelusuri lebih jauh lagi.

Bab 11

Febuari 1998 – NEW YORK

Segala sesuatunya berjalan seperti dalam gerak lambat; sangat pelan dan membosankan. Siang hari sampai petang dilaluinya di kampus, dan sisanya dihabiskan dengan mengurung diri dalam apartemennya. Sesekali ia memaksa dirinya keluar apartemen untuk berjalan-jalan mengelilingi kota New York. Ia pergi ke museum-museum dan ke tempat-tempat rekreasi dengan seorang diri, bahkan tanpa kehadiran ayahnya. Ia merasa ayahnya telah mengabaikannya dengan kesibukan pekerjaannya. Kehidupan baru yang sedang dijalani Etzhara sangat jauh berbeda dengan kehidupan yang pernah ia lalui dulu. Namun ia sudah harus terbiasa akan hal itu.

Kadang, saat sedang beraktivitas, Etzhara melihat keanehan di sekelilingnya. Dunia rasanya telah berubah sebegitu cepat. Dulu semua orang selalu menyapanya, atau setidaknya hanya tersenyum ramah saat ia melintasi kerumunan orang. Dulu ia merasa dirinya menjadi pusat perhatian orang-orang banyak. Tapi semua itu sudah tidak terjadi lagi. Kini ia merasa semua orang di kota New York memandanginya dengan tatapan aneh; tatapan yang seakan-akan mengatakan bahwa ada yang salah pada dirinya. Tapi apa yang salah denganku? Ada apa dengan mereka? Mengapa mereka terus menatapku seperti itu? Pertanyaan-pertanyaan semacam itu selalu ditanyakannya setiap hari tanpa bisa mendapatkan jawabannya.

Ingin rasanya Etzhara berteriak di depan semua orang untuk menceritakan apa yang sedang ia lalui. Tapi bila hal itu ia lakukan, apakah orang-orang langsung akan merubah tatapan mereka? Rasanya tidak, mereka tidak akan peduli sedikit pun. Mereka hanya ingin melihat dari apa yang mereka lihat di luar, lalu dengan cepat memberikan nilai seburuk apa saja yang mereka inginkan. Perlakuan orang-orang itu telah melukai hati Etzhara.

April 1998

Kenny mulai memaksimalkan kadar racun dalam tubuhnya. Ia mulai menggunakan heroin dan kokain, minum minuman beralkohol, dan barang-barang jahanam lainnya yang bisa membawanya terbang ke dunia lain. Semua itu ia dapat tidak dengan cuma-cuma. Ia telah mengorbankan sebagian besar barang-barang berharganya dan mengeluarkan sejumlah uang yang tak sedikit jumlahnya untuk mendapatkan barang-barang jahanam itu. Tapi ia merasa semua pengorbanan itu sebanding dengan apa yang ia rasakan saat sedang berada di alam bawah sadarnya.

Hubungannya dengan Leo pun semakin mengerat setiap harinya. Keakraban mereka hanya didasarkan oleh satu persamaan saja, yaitu sama-sama tak ingin berada di alam sadar. Hal itu membuat hubungan Kenny dengan keluarganya semakin merenggang. Ia bahkan sudah tak bertemu sapa lagi dengan ayahnya karena jarang di rumah. Ia seakan telah merubah rumahnya menjadi sebuah tempat persinggahan sejenak untuk beristirahat.

Suatu hari Kenny merasakan sesuatu yang buruk seperti sedang terjadi dalam dirinya. Ia merasa dirinya seperti sedang terperangkap di tengah-tengah kerumunan orang sehingga sulit sekali untuk bernafas. Semua tekanan yang ada terasa sangat berlebihan baginya. Ia mulai berpikir bahwa perasaan cintanya pada Etzhara-lah yang membuatnya begitu tertekan, dan hal itu benar-benar menghukumnya bagai terbakar dalam api neraka. Namun ia tak mempunyai kemampuan untuk menghentikan tekanan itu. Semuanya terjadi di luar kendalinya.

Setiap hari, saat ia masih berada di alam sadarnya, rasa sakit itu selalu kembali datang menghantuinya. Rasa sakit yang tak asing lagi baginya. Rasa sakit yang telah ia rasakan sejak kepergian Etzhara ke New York. Tapi sekarang ia sudah tahu bagaimana cara mengatasi hal itu. Aku harus berada di dunia lain, tegas Kenny. Dunia yang jauh berbeda dari kenyataan ini.

Tanpa disadari, Kenny telah menciptakan satu tempat khusus dalam hidupnya untuk semua racun yang ia telah gunakan itu. Ia merasa mudah sekali beradaptasi dengan hal itu. Racun-racun itu seakan mengerti dirinya dan membantunya dengan cara-cara yang aneh, yang tak pernah ia pikirkan sebelumnya. Kenny sebenarnya tahu apa yang ia lakukan itu salah, tapi ia merasa hal itu merupakan sesuatu yang baik untuknya. Ia telah menemukan sebuah kehidupan yang baru di dunia yang baru.

Pernah beberapa kali ia berpikir, apa yang bisa ia lakukan tanpa adanya racun-racun itu dalam hidupnya. Mungkin hidupnya akan tetap terasa menyakitkan, atau bahkan akan terasa membosankan layaknya berjalan di sepanjang jalanan kosong tanpa tujuan. Kenny ingat Leo pernah berkata padanya bahwa hidup hanya akan terasa menyakitkan saat sedang sadar. Dan menurutnya Leo benar. Secara langsung atau tidak langsung, berada di alam bawah sadar telah membantunya untuk menyingkirkan rasa sakit yang melukai hatinya, setidaknya untuk sementara waktu.

Bab 12

2 Juli 1998 – NEW YORK

Udara di dalam ruangan apartemen itu terasa begitu pengap; begitu pengapnya hingga Etzhara merasa susah bernafas. Ia butuh udara segar. Ia harus segera keluar dari ruangan itu secepat mungkin. Tapi ia tak tahu harus pergi kemana.

Lima belas menit kemudian ia telah berjalan seorang diri di bawah siraman sinar bulan, tapi kakinya masih tetap melangkah tanpa arah. Ia sedang memikirkan Kenny. Ia memikirkan apa yang sedang dilakukan pria itu saat ini. Sesekali melintas dalam kepalanya pikiran-pikiran negatif; pikiran-pikiran yang seakan meragukan cinta pria itu padanya. Apakah Kenny masih sanggup menungguku? Bagaimana jika dia memutuskan untuk menyerah? Atau mungkin bagaimana jika dia tergoda dengan gadis lain? Etzhara bisa saja mendapatkan jawaban-jawaban itu dengan sangat mudah. Namun tahun lalu ia telah membuat keputusan pada dirinya sendiri untuk menghentikan komunikasinya dengan Kenny. Ia tak sanggup mendengar suara pria itu tanpa berada di sisinya. Lagipula ia harus tetap terfokus pada penyelesaian kuliahnya agar bisa cepat kembali ke Jakarta.

Setelah setengah jam lebih berjalan melewati beberapa persimpangan jalan, Etzhara segera menyadari bahwa apartemennya sudah berada jauh di belakang. Lalu ia memutuskan kembali pulang. Ia mengambil jalan pintas dengan melewati taman kota. Genangan-genangan air sisa hujan menemani langkah kakinya. Tiba-tiba saja terdengar suara wanita tua yang masih samar-samar, "Nak, apakah kau ingin diramal?"

Wanita tua itu duduk di bawah pohon beringin yang letaknya tidak jauh dari jalanan setapak yang Etzhara lalui. Namun gelapnya malam membuatnya tak yakin dengan apa yang ia lihat, bahkan cahaya lampu di sepanjang jalan dan lilin-lilin yang berdiri di atas meja tempat wanita tua itu berada tak juga membantunya untuk melihat lebih jelas.

Etzhara mendekatkan langkahnya ke arah wanita tua itu sambil menegaskan mata. Tak lama ia menangkap sesosok wanita tua yang sedang duduk di belakang meja berlilin. Kerudung merah yang dikenakan wanita itu menutupi sebagian besar wajahnya sehingga hanya terlihat seperti bayang-bayang.

Sambil memainkan setumpuk kartu tarot yang ada di genggamannnya, wanita tua itu bertanya sekali lagi, "Nak, apakah kau ingin diramal?"

"Tidak nek, terima kasih," jawab Etzhara mencoba berusaha ramah.

"Hanya dua dollar saja... kau bisa mengetahui masa lalu, masa sekarang maupun masa depan," lanjut si wanita tua.

Hanya dua dollar? pikir Etzhara. Tidak ada salahnya dicoba. Mungkin ia sedang membutuhkan uang. "Baiklah," jawabnya.

Etzhara dipersilahkan duduk di sebuah kursi yang ada di hadapannya, "Duduklah, nak." Setelah duduk, Etzhara menjulurkan tangan kanannya untuk memberikan sejumlah uang yang telah mereka sepakati sebelumnya. Wanita tua itu mengambilnya seraya menaruh tumpukan kartu tarot di atas meja, dan berkata, "Sentuhlah kartu-kartu ini." Setelah Etzhara menyentuhnya, nenek itu kembali memainkan kartu-kartu di genggamannya selama beberapa detik, lalu membaginya menjadi tiga bagian. "Ambillah satu kartu secara acak dari setiap bagian," perintahnya. Lalu Etzhara mengambil ketiga kartu tersebut dan menaruhnya di depan tumpukannya masing-masing.

"Kartu ini," lanjut sang peramal seraya menunjukkan jarinya ke sebuah kartu yang berada di sebelah kiri, "adalah masa lalumu." Saat kartu dibalikkan terlihat gambar hati terlilit kawat-kawat berduri. "Em...sepertinya dulu hubunganmu dengan pria tak pernah berjalan dengan lancar," jelas peramal itu. "Kau telah disakiti oleh banyak pria."

Bagi Etzhara ramalan nenek tua itu memang sangat benar, tapi kemudian ia menyimpulkan bahwa itu semata-mata hanyalah sebuah tebakan yang beruntung. Kemudian si peramal melanjutkan ramalannya dengan membalik kartu yang ada di tengah. Sambil membalikkan kartu ia berkata, "Masa sekarang." Terlihat gambar bintang dikelilingi oleh rantai-rantai besi. "Bintang melambangkan dirimu, dan rantai besi melambangkan keterbatasan," jelasnya dengan sangat yakin. "Saat ini kau sedang mengalami suatu keterbatasan."

Tiba-tiba saja Etzhara teringat lamunannya tadi. Bagaimana ia tahu? pikirnya. Lalu cepat-cepat ia tunjuk satu kartu yang masih tertutup. "Jadi ini adalah masa depanku?" tanyanya dengan perasaan agak takut. Mengapa aku takut, pikirnya. Ia hanyalah peramal, bukan Tuhan.

Wanita tua itu mengangguk dan membalik kartu yang terakhir. Raut mukanya berubah ketika melihat gambar di baliknya. Adalah gambar seorang malaikat maut yang bersenjatakan sabit terlukis di dalam kartu itu.

Etzhara terkejut. "Apa artinya ini, nek?"

Wanita tua itu terdiam sejenak, lalu berdiri seraya berkata dengan mendekatkan wajahnya ke arah Etzhara, "Berhati-hatilah! Kematian mengelilingimu."

Belum sempat Etzhara bereaksi atas jawabannya, wanita tua itu sudah membereskan semua kartunya dengan tergesa-gesa dan pergi. Etzhara berusaha mengejarnya untuk mendapatkan penjelasan lebih lanjut. Namun gelapnya malam seakan telah menelan sang peramal tadi.

Omong kosong, tegas Etzhara. Berani-beraninya dia meramalkan tentang kematian. Lalu ia kembali melanjutkan perjalanan pulang. Sesekali ia menoleh ke belakang untuk memperhatikan keadaan di sekelilingnya. Namun tak ada seorang pun selain pepohonan yang tertiup angin dan lampu-lampu jalanan. Jangan-jangan ia...ah tak mungkin. Aku melihatnya berjalan di atas tanah. Tak mungkin hantu.

20 September 1998

Malam itu Kenny duduk bersila, ditemani oleh sesosok bayangan hitam yang menempel di dinding kamarnya dan selalu mengikuti setiap gerakannya. Dihadapannya tergeletak dua batang 'rokok ajaib', serpihan-serpihan serbuk putih, sebungkus rokok, dan setengah botol minuman keras. Kenny merasa tak mampu mengendalikan dirinya lagi, karena sepertinya barang-barang itulah yang telah mengendalikannya.

Dulu ia merasa yakin sekali bisa mengendalikan racun-racun itu. Bahkan kerap kali ia membodohi dirinya sendiri dengan berpikir bahwa dialah yang berkuasa akan hal itu. Tapi sebenarnya tidak, karena berulang-ulang kali ia seperti kehilangan hati nuraninya ketika sedang berhadap-hadapan dengan racun-racun itu. Kendati demikian, ia selalu berharap akan sanggup mengendalikan dirinya lebih keras lagi di hari-hari berikutnya.

Kenny sudah tak tahan lagi. Ia mulai mengeluarkan keringat. Jari-jemarinya terasa gatal ingin segera menyentuh serbuk-serbuk putih itu. Tenggorokkannya pun terasa amat kering, rasanya ingin segera meneguk minuman keras itu sampai pada tetesan akhir. Haruskah Kenny pergi sekarang, keluar dari ruangan itu dan lari sejauh mungkin? Tapi malam masih panjang, bulan masih menertawainya di atas kepala. Saat itu ia tak mempunyai pilihan lain lagi selain terkurung satu ruangan bersama barang-barang jahanam menyertainya.

Itulah saatnya bagi Kenny ketika ia tak lagi memiliki pegangan; ketika ia harus terjatuh ke dalam kegelapan. Tak akan mudah baginya untuk menyesali apa yang akan ia lakukan. Lagipula apalah artinya menyesal bila ia merasa tak memiliki pilihan lain? Ia tahu bahwa tak akan ada seorang pun yang sudi memaafkannya untuk keputusannya itu. Dan ia sadar betul jalan yang telah ia pilih itu hanya mengarah pada satu tujuan, kematian. Namun ia tetap memutuskan untuk menjalaninya karena tak sanggup menghentikannya.

Hanya membutuhkan waktu satu jam saja kegelapan telah menyerang Kenny, dan ia mulai meragukan semua hal yang ada di pikirannya saat itu. Ia mendengar suara-suara aneh lagi yang muncul begitu saja. Suara-suara itu terdengar begitu dekat hingga ia berpikir ada orang lain yang seruangan dengannya. Tapi suara siapakah itu? ia mulai bertanya-tanya. Apakah bayanganku sudah bisa mengeluarkan suara? Apakah itu suara hatiku yang berteriak minta tolong? Atau mungkinkah itu rayuan hantu-hantu yang berkeliaran di sekelilingku? Namun suara siapa pun itu tak akan memberikan perbedaan bagi Kenny, karena ia mulai membalas setiap sapaan suara-suara itu dengan apa saja yang keluar dari mulutnya. Ia berbincang-bincang dengan teman yang tak terlihat. Tapi itu tak ia pedulikan.

Tiba-tiba saja, saat sedang terdiam dengan pikiran kosong, ia merasa ada sesuatu yang ingin memasuki tubuhnya. Ia berusaha mencegah, tapi terlambat. Itu adalah hantu-hantu penghuni lama alam bawah sadar Kenny, dan mereka telah berada di dalam tubuhnya untuk mengambil alih semua pikirannya. Saat itu Kenny bukanlah dirinya lagi.

Mereka bermain kata-kata dalam kepalanya. Mereka mengucap seribu patah kata yang tak pernah ia ucap sebelumnya. Sesekali Kenny seakan mendengar mereka berkata, "Bila tak tahan lagi, pergilah ke dapur dan ambil sebilah pisau yang sangat tajam, lalu berilah sentuhan yang manis di urat nadimu." Tapi suara itu cepat-cepat ia hiraukan. Lalu mereka berkata lagi, "Kau sendirian. Kau tak punya siapa-siapa. Tak ada yang memperdulikanmu. Kau ditelantarkan oleh mereka. Kau tidak layak hidup. Ambillah pisau dan bergabunglah denganku." Kenny menutup kedua telinganya erat-erat dengan kedua tangan, berharap suara-suara itu hilang. Tapi sayangnya tidak.

Keesokannya, ada suatu perasaan yang tak lazim seakan mengikutinya saat terbangun dari tidur. Kenny tak yakin perasaan apa itu. Bahkan ia juga tak yakin semua kejadian semalam benar-benar nyata atau hanyalah sebagian dari mimpi buruk semata. Ia berharap itu adalah mimpi buruk yang telah berakhir.

Kenny merasa adanya suatu keganjilan bila ia mengingat kembali mimpi-mimpinya beberapa hari belakangan. Ia bermimpi sedang berlari-lari dalam kegelapan seorang diri, hingga sesuatu muncul dari balik kabut-kabut tebal. Sesuatu itu tak terlihat jelas, tak berbentuk, hanya berupa cahaya yang menakutkan. Dan secara tiba-tiba saja cahaya itu sudah ada dimana-mana, mengelilinginya. Ia terperangkap, dan hanya menunggu hal terburuk yang mungkin akan terjadi. Kenny tak pernah mengerti apa maksud dari mimpi itu. Tapi ia merasa sesuatu yang buruk akan terjadi, atau mungkin sudah terjadi dan ia belum menyadarinya.

Banyak orang yang sudah berpendapat bahwa ada yang tidak beres dalam dirinya. Mereka semua bilang ia sudah tidak normal lagi. Tapi apakah sebenarnya arti normal itu sendiri? Apakah artinya berjalan lurus tanpa belok-belok? Bila demikian, apa enaknya hidup normal jika hanya melihat lurus ke depan tanpa ada kejutan-kejutan yang seharusnya ada di setiap belokan? Sama sekali tak menyenangkan. Hidup akan mudah ditebak, dan hal itu sangatlah membosankan bagi Kenny.

Kenny menyadari dirinya telah berada di jalur yang jauh berbeda dengan orang-orang lain. Ia juga menyadari perubahan itu merupakan keputusannya sendiri. Namun sayangnya, sepertinya tak seorang pun sependapat dengan keputusannya itu. Mereka tak mau menerima dirinya yang baru.

Kenny tak pernah merasa hidupnya begitu transparan sebelumnya. Dirinya sudah mulai terabaikan, hingga seperti tak terlihat lagi di mata orang-orang. Oleh sebab itu banyak waktu yang ia lewati dengan seorang diri; mungkin satu-satunya teman yang masih ia miliki saat itu hanyalah Leo. Pada awalnya sulit bagi Kenny untuk terbiasa dengan kesendirian itu. Namun seiring dengan berjalannya waktu ia mulai menyadari bahwa hidup seorang diri adalah yang hal terbaik baginya, karena semakin sedikit dirinya berhubungan dengan orang maka semakin kecil pula kemungkinan ia akan mendapat masalah dari mereka.

Bab 13

31 Desember 1998 – NEW YORK

Kota New York sedang berpesta pora menyambut detik-detik terakhir pergantian tahun. Menjelang tengah malam ribuan orang tumpah ruah turun ke jalan raya, membuat kemacetan yang luar biasa. Mereka berteriak-teriak satu sama lain, meniup-niupkan terompet dengan liar, dan bahkan ada beberapa orang yang sudah memulai pesta kembang api. Para polisi setempat telah siap siaga di setiap persimpangan jalan untuk mengantisipasi bilamana keadaan menjadi tak terkendali.

Saat itu Etzhara sedang dalam perjalanan pulang menuju apartemennya, tapi ia masih terjebak oleh kemacetan di dalam taksi. Siang tadi ia memutuskan untuk memanjakan dirinya dengan berbelanja sepuasnya. Ia membeli banyak pakaian baru, sepatu-sepatu, hingga alat-alat kecantikan. Namun karena ia begitu larut dalam kesenangan itu, maka ia baru bisa pulang setelah toko-toko mulai beranjak tutup.

Dari dalam taksi, Etzhara memandangi pemandangan di luar jendela. Dilihatnya semua orang bercanda tawa di sepanjang jalan. Hal itu membuatnya tertekan karena ia tak bisa melewati pergantian tahun dengan perasaan yang sama seperti orang-orang itu.

Tiba-tiba sopir taksi menghentikan lamunannya, "Maaf Bu, apa tidak sebaiknya anda melanjutkan perjalanan dengan berjalan kaki saja? Macet seperti ini pasti akan berlangsung lama."

Etzhara melirik pergelangan kirinya. Pukul 21.30. Saat itu memang ia tak memiliki seorang pun untuk menghabiskan waktu bersama di akhir tahun 1998, tapi yang jelas ia tak mau bermacet-macet ria untuk beberapa jam ke depan.

"Kecuali kalau anda mau melewati pergantian tahun ini bersama saya di taksi ini," lanjut sopir taksi dengan nada bergurau.

Tentu saja Etzhara menolak pilihan itu. Lantas ia segera membayar si sopir taksi dengan sejumlah uang beserta uang ekstra sebagai bonus tahun baru. Sesaat ketika ia keluar dari taksi dan berdiri di trotoar dengan kantong-kantong plastik hasil belanjaannya, arus massa segera menyapunya.

Ia didorong-dorong dari belakang, dirangkul oleh seorang pria gemuk yang sama sekali tak dikenal, dan bahkan kantong-kantong plastik yang tergenggam erat di tangannya pun tercabut dan hilang. Etzhara meronta-ronta untuk membebaskan diri dari massa yang semakin menggila itu, tapi hal itu hampir mustahil karena teriakannya sendiri pun tak bisa ia dengar. Ia terkepung, terjebak, dan telah menjadi satu bagian dari mereka.

Sambil mencoba menerobos kerumunan di sekelilingnya, ia tergeser-geser hingga akhirnya dapat melarikan diri ke sisi jalan yang agak tenang. Ia mengambil waktu cukup lama dengan bersandar pada sebuah tiang lampu jalan. Ia masih terkejut, seakan tak dapat memahami apa yang baru saja terjadi padanya. Ia pun begitu kesal dengan massa tadi yang telah mengambil hasil buruannya selama seharian dalam sekejap mata.

Etzhara masih berusaha menstabilkan kembali emosinya. Ia mengambil nafas dalam-dalam hingga perlahan-lahan dapat menguasai dirinya kembali. Ia memperhatikan sekeliling untuk memastikan keberadaannya. Tak jauh dari tempatnya berdiri, ada sebuah kafe kecil dengan antrian masuk yang tidak cukup panjang. Etzhara memutuskan masuk ke dalam antrian itu. Ia sempat merasa lega karena masih bisa mempertahankan tasnya dari arus massa tadi.

Keadaan di dalam kafe tak jauh berbeda dengan di jalan raya, penuh sesak dengan orang-orang yang ingin mengawali tahun yang baru dengan bersenang-senang. Etzhara tak bisa melihat ada tempat kosong untuknya duduk. Lalu ia berusaha bergerak mendekati bar minuman. Di sana pun orang-orang saling dorong-mendorong dengan tak sabar untuk memesan minuman. Para Bartender terlihat bekerja kewalahan mengatasi hal itu.

Setelah setengah jam lebih berdiri tanpa bisa berbuat apa-apa, Etzhara akhirnya mendapatkan kursi kosong di sisi bar. Ia segera memesan Vodka Tonic. *Aku butuh minuman beralkohol*, tegasnya. Tak diragukan lagi ia memang butuh minuman yang memabukkan itu, mengingat apa yang baru menimpanya.

Seorang pria yang duduk di sebelah kursinya berusaha beramah-tamah, "Malam yang ramai." Etzhara hanya tersenyum saja tanpa menjawab. Tapi kemudian pria itu kembali melanjutkan, "Datang sendiri, atau bersama teman?"

Mau tak mau Etzhara harus menjawab, "Sendiri."

"Sendiri? Di malam tahun baru? Tidak punya teman?" tanya pria itu dengan nada bercanda.

Bagi Etzhara pertanyaan itu lebih merupakan sindiran. "Iya," jawabnya ketus.

"Baiklah," pria itu menjulurkan tangan kanannya, "saya Michael. Dan saya akan menjadi temanmu malam ini."

Etzhara melirik ke arah pria itu, dan menemukan sosok pria berumur tiga puluhan, dengan raut wajah cerah dan memiliki pembawaan yang santai. Kesantaian pria itu terlihat jelas dari kumis dan jenggotnya yang tak terawat, serta rambut pirang yang ditata ala kadarnya. Namun secara keseluruhan pria itu tampak menarik. Ia menjabat tangan pria itu sambil berkata, "Etzhara."

Mereka mulai berbincang-bincang dari topik yang ringan hingga topik yang cukup rumit. Etzhara yang pada awalnya tak bersemangat untuk berbicara dengan siapapun, kini menjadi tak bisa diam barang sebentar saja. Mungkin selain karena Michael yang nyaman untuk diajak bicara, juga karena efek minuman beralkohol yang sudah berada di dalam tubuhnya.

Kurang dari setengah jam lagi menuju pergantian tahun, sebagian orang terlihat keluar dari bangunan kafe untuk menikmati pertunjukan kembang api. Namun Etzhara memutuskan tetap duduk dihadapan gelas minumannya yang sudah bertambah banyak. Ia tak bisa menikmati momentum yang hanya terjadi dalam setahun sekali itu layaknya orang-orang pada umumnya.

Awal tahun sudah tinggal dalam hitungan detik saja. Orang-orang mulai berteriak bersama-sama, "Dua puluh... sembilan belas... delapan belas....." Bagi Etzhara hitungan detik itu hanya mengartikan satu hal saja, yaitu dirinya masih harus melewati dua tahun lagi di kota New York. "Tiga... dua... satu... Selamat Tahun Baru..." Semua orang dalam kafe bertepuk tangan, lalu saling berpelukan satu sama lain. Etzhara pun sempat dipeluk oleh Michael dan beberapa pria yang duduk di dekatnya.

Berakhirnya satu tahun dan dimulainya tahun yang baru lagi artinya memberikan kesempatan untuk memulai sesuatu yang baru dan melupakan semua hal di belakang untuk mencapai hal-hal yang menanti di depan. Namun bagi Etzhara pergantian tahun itu terasa sama; tidak terasa apa-apa, hanya sekedar hari jumat semata.

Pertunjukan kembang api masih berlangsung di luar, dan Etzhara mempergunakan kesempatan itu untuk memikirkan kesendiriannya yang rasanya tak berujung. Ia masih belum memiliki banyak teman di kota itu karena sulit baginya untuk bersosialisai dengan lingkungan sekitarnya. Bahkan ayahnya, yang seharusnya bisa menjadi tumpuan harapannya, sudah benar-benar menelantarkannya karena begitu sibuk. Etzhara sangat kesepian, dan ia tertekan dengan perasaan itu.

Sekitar pukul 1.00 dinihari orang-orang mulai meninggalkan kafe. Dan tak sampai lima belas menit saja ruangan kafe sudah seperti tak berpenghuni lagi. Beberapa orang yang tersisa terlihat merebahkan kepalanya di atas meja atau berbicara melantur karena sudah begitu mabuk, sama halnya dengan Etzhara yang sudah entah berapa persen kadar alkohol dalam tubuhnya saat itu.

Etzhara mengangkat pergelangan kirinya untuk mengetahui waktu, tapi angka-angka di jam tangannya tampak kabur. Bahkan semua yang dilihatnya saat itu tampak kabur dan bergoyang-goyang. Meskipun demikian, ia berusaha bangkit berdiri dari kursinya. Ia merasakan adanya guncangan yang hebat di sekujur tubuhnya.

Michael mencoba membantu menstabilkan tubuh Etzhara. "Hei, mau kemana kau?"

"Aku harus pulang," jawab Etzhara sambil mencari-cari pegangan untuk menahan tubuhnya yang bergoyang.

"Mana bisa kau pulang dengan keadaan seperti ini?"

Etzhara tetap bersikeras, "Tapi aku harus pulang."

"Baiklah, akan kuantar." Michael berdiri sambil meninggalkan beberapa lembar uang di atas meja untuk tip Bartender. "Kau tinggal dimana?"

"Fifth Avenue Tower."

Sepanjang perjalanan pulang, Etzhara sudah dalam keadaan setengah sadar. Ia merasa kepalanya seperti sedang berputar-putar sedemikian hebat, tapi tak membuatnya pusing. Sesekali kepalanya juga berbenturan dengan kaca jendela mobil, tapi ia tak merasakan sakit. Di lain pihak, keadaan Etzhara yang seperti itu memberikan keuntungan tersendiri bagi Michael. Pria itu memang masih belum mempunyai niatan-niatan kotor dalam otaknya. Namun tak jarang kesempurnaan lekuk tubuh Etzhara benar-benar menggodanya.

Etzhara membuka mata perlahan-lahan, dan mengedip-ngedipkannya sejenak sebelum menyadari dirinya telah berada di kamar apartemennya. Ada suatu arus lega saat ia menyadari hal itu; suatu arus yang seakan mengatakan bahwa dirinya telah berhasil melewati kekacauan pesta pergantian tahun. Dan ia tersenyum dalam hati. Namun senyuman itu hanya lewat begitu saja ketika ia berusaha bangkit keluar dari dalam selimut tebal yang melapisi tubuhnya. Betapa terkejutnya Etzhara memandangi sekujur tubuhnya yang tak terlapisi sehelai pakaian pun. Arus lega yang tadi sempat ia rasakan tiba-tiba berubah menjadi ombak besar yang menakutkan.

Ia telah melapisi tubuhnya dengan jubah mandi, tapi kembali duduk lagi di tepian ranjang. Ia tak tahu apa yang terjadi semalam, karena tak bisa mengingatnya dengan jelas. Sekeras otaknya mengulang waktu ke belakang, yang terlihat jelas hanyalah berbelanja, kemacetan, hiruk-pikuk, hingga seorang pria di kafe yang tak bisa ia ingat namanya. Setelah itu semuanya mulai memburam. Tapi ia masih bisa mengingat rayuan-rayuan pria yang bersamanya semalam dan bergelas-gelas Vodka Tonic. Ia juga ingat diantar pulang sampai ke depan pintu apartemen. Dan sampai di sanalah ingatannya berhenti. Etzhara menekan kedua lututnya yang sejak tadi gemetaran dengan kedua tangan, lalu perlahan-lahan berdiri dan berjalan menuju jendela kamar.

Ia menatap ke luar kaca jendela, memandangi satu ruas jalan yang masih belum beroperasi. Rintik-rintik butiran salju menghiasi pandangan matanya. Tiba-tiba melintas dalam ingatannya ada tangan seorang pria yang menggerayangi sekujur tubuhnya. Kemudian ia ingat gelombang nafsunya yang berapi-api. Etzhara memejamkan mata. Kuharap aku tak melakukan suatu kebodohan semalam.

Bab 14

13 Januari 1999

Kenny terbaring kaku di atas dinginnya lantai kamar, tak bergerak sedikit pun. Rasanya dirinya sudah tak berada lagi dalam tubuhnya. Telinganya mulai menemukan suara-suara aneh lagi. Semakin dekat, lalu semakin jelas. Hantu-hantu itu telah datang kembali. Apakah aku hanya berimajenasi saja, pikir Kenny, ataukah aku sudah menjadi gila karena bisa mendengar suara-suara ini? Mungkin kedua-duanya benar. Tapi suara-suara itu adalah satu-satunya teman yang ia miliki saat itu.

Ia menatap bolam lampu kamar yang sepertinya mulai melemah. Pandangannya kosong. Pikirannya berlari-larian entah kemana, atau mungkin sebenarnya dirinya sudah tak sanggup lagi berpikir. Tak lama, ada suatu perasaan yang tak bisa ia rasakan. Rasanya sangat aneh dan kosong, seperti mati. Namun ironisnya, ia masih bernafas. Ia masih mempunyai cukup oksigen untuk menyadari bahwa dirinya sedang terbaring di atas lantai, tapi tak mempunyai cukup nafas untuk memahami apa yang sedang terjadi.

Suara-suara dalam kepalanya mulai menggila, berdatangan entah dari mana asalnya, dan semakin lama semakin membuatnya terpuruk seakan terbelenggu tak bisa keluar dari keadaannya saat itu. Ia bangkitkan tubuhnya yang lemas itu dan menyenderkannya ke dinding kamar, lalu ia guncang-guncangkan tubuhnya serta geleng-gelengkan kepalanya agar bisa tetap sadar. Tapi tidak berhasil. Ia merasa dalam kepalanya seperti sedang terjadi pertempuran yang begitu hebat.

Kenny mulai terbatuk-batuk dengan suara yang mengerikan, tapi tetap saja dengan susah payah ia masih berusaha menyulut sebatang rokok. Tangannya gemetar, rasanya sulit sekali menyelipkan satu batang rokok di bibirnya. Dan ia pun akhirnya menyerah karena getaran itu semakin hebat. Lalu ia memandangi dinding-dinding kamar yang seakan menari-nari menggelilinginya. Dan saat ia menundukkan kepala, lantai-lantai kamar pun ikut bergoyang hebat seperti sedang mengikuti hentakkan kaki banyak orang. Rasa pening mulai menghantui. Tapi Kenny sudah terbiasa dengan semua itu.

Dua jam kemudian rasa lapar menyerangnya. Tapi tak ada yang bisa ia lakukan. Jangankan untuk keluar mencari sisa-sisa makanan yang ada di atas meja makan, untuk menggeser tubuhnya barang sejengkal saja ia sudah tak sanggup lagi. Setiap beberapa detik tangan kanannya pasti gemetaran, entah mengapa. Dan kerap kali kelopak matanya tertutup hingga ia seperti tak bisa melihat. Ia merasa sangat serba salah.

Ia juga merasakan kedinginan. Dalam keremang-remangan ruangan kamar, sekujur tubuhnya menggigil karena dinginnya lantai yang menggigit. Bahkan ia sudah tak bisa lagi merasakan ujung-ujung jari tangannya. Jari-jemarinya seakan sudah mati rasa. Saat bernafas pun, ia bisa melihat asap dingin keluar dari lubang hidungnya. Tapi ia segera menyadari itu hanyalah sebagian kecil dari banyaknya imajenasi yang ada dalam kepalanya. Otot-otot di bagian leher dan pundaknya terasa nyeri dan pegal-pegal. Tapi sekali lagi, tak ada yang bisa ia lakukan untuk mengurangi semua rasa tidak nyaman itu.

Kenny sudah tak lagi merasakan kenikmatan yang dulu dirasakan saat sedang berada di alam bawah sadarnya. Ia telah kehilangan kenikmatan itu. Ia merasa seakan-akan sayapnya untuk terbang ke dunia yang lain telah patah, dan hal itu benar-benar melukai jiwanya. Itulah saatnya baginya ketika hidup terasa begitu kosong. Hidup dalam bayang-bayang alam bawah sadarnya; duduk bersender dalam kegelapan dengan bayangan hitamnya sendiri yang menemani, dan membusuk di dalam keabadian yang hampa. Pada awalnya itu merupakan keputusan yang bagus, hingga akhirnya kini ia harus menjalaninya seperti ini.

Kenny meraih bantal dari atas ranjang, dan ia dekap begitu erat hingga mulutnya tersekap sedemikian rapat. Lalu ia teriak sekeras mungkin dengan harapan kehampaan yang ia rasakan saat itu akan hilang dalam seketika. Tapi tidak. Saat dirinya duduk di atas lantai yang dingin itu, ia merasa dunianya tidak sama lagi seperti dulu. Semuanya telah berubah.

Banyak orang tidak menyadari kapan mereka berubah, tapi itu tidak berlaku bagi Kenny. Ia tahu betul kapan perubahan mulai terjadi pada dirinya karena ia sendirilah yang menciptakan perubahan-perubahan itu. Ia pun bahkan tahu apa alasannya, yaitu untuk berlari dari kenyataan yang memuakkan. Tapi keputusannya itu berakibat fatal, semuanya telah menjadi tak terkendali lagi. Satu-satunya hal yang ia inginkan adalah mencari cara yang tepat agar dirinya dapat kembali seperti dulu lagi. Tapi ia tak tahu bagaimana caranya. Bahkan ia sempat menanyakan hal itu pada bintang-bintang di langit, dan tentunya mereka hanya diam membisu.

27 Januari 1999

Takdir kembali mempermainkan Kenny, tapi kali ini dalam bentuk yang berbeda. Siang itu ia menghadiri upacara pemakaman seseorang yang tinggal seatap dengannya, yang hampir tak pernah ia lihat lagi sejak lama; ayahnya. Ia harus melihat sosok pria tua berusia sekitar lima puluh tahunan, berpenampilan menarik dan berwibawa, dengan wajah pucat pasi dan rambut yang sebagian besar telah memutih itu terbaring bisu di dalam peti mati dengan karangan-karangan bunga di atasnya. Ia harus melihatnya untuk yang terakhir kali. Ia bahkan tak tahu penyakit apa yang telah menyebabkan ayahnya harus terbaring kaku enam kaki di bawah tanah.

Mungkin memang Kenny terlalu lemah untuk memahami bidang kedokteran, atau mungkin otaknya yang sedang tidak bekerja dengan semestinya saat ibunya mencoba menjelaskan penyakit yang diderita ayahnya. Dan sampai saat itu, saat ia berdiri dihadapan peti mati ayahnya, masih ada rasa penasaran yang kerap kali menghantuinya. Rasa penasaran akan hal apa yang sebenarnya menyebabkan nafas ayahnya berhenti untuk selamanya.

Tiba-tiba ia merasakan ada hal yang sangat aneh saat memandangi wajah orang-orang di sekelilingnya. Sebagian besar dari mereka menangis, dan sisanya menampakkan wajah yang penuh dengan kesedihan, penuh dengan luka, penuh dengan rasa kehilangan. Tapi bukan itu letak anehnya. Letak anehnya ada pada dalam dirinya sendiri. Ia tak bisa merasakan apa yang mereka semua rasakan. Ia tak bisa menangis, walau sudah ia coba dengan berbagai cara agar air mata palsunya bisa muncul. Dan yang parahnya lagi, ia tak bisa merasakan sedikit pun rasa sakit di hatinya saat seseorang yang berkedudukan penting dalam hidupnya itu pergi untuk selamanya. Kenny tak bisa merasakan apapun. Ia bahkan tak tahu pasti apa yang sedang ia rasakan saat itu. Lalu munculah pertanyaan dalam kepalanya, Apa artinya memiliki sebuah hati, bila hati itu sudah tak bisa merasakan apa-apa lagi?

Berselang beberapa menit kemudian, orang-orang mulai menundukkan kepala, mengirimkan berjuta-juta doa untuk mengantarkan roh ayahnya ke alam lain di atas sana. Kenny pun ikut menundukkan kepala, tapi tidak berdoa melainkan berpikir. Ia berpikir mengenai kematian. Tapi apa yang ia tahu tentang kematian? Kenny tak tahu banyak tentang hal itu. Tapi menurutnya kematian adalah suatu kejadian yang membuat seseorang pergi dari dunia ini dan tidak kembali lagi, dan hal itu menjadikan orang-orang yang ditinggalkan di dunia ini adalah korbannya. Aku adalah korban dari kematian, katanya dalam hati. Lalu ia mencoba membayangkan bagaimana kehidupannya ke depan tanpa kehadiran ayahnya. Ia melihat begitu banyak kesulitan yang mungkin akan datang nanti. Hal itu membuatnya merasa bahwa hidup hanyalah sebuah kebohongan belaka, yang pasti akan berakhir suatu saat nanti.

Kabar kematian ayah Kenny tersebar sampai ke Pekan Baru. Saat Anita mendengar kabar buruk itu, ia segera menelpon Kenny.

"Ken, maaf aku baru menelponmu sekarang karena aku baru tahu kabar itu semalam dari ibuku." Anita terdiam sejenak, lalu kembali melanjutkan, "Apa kau baik-baik saja, Ken?"

Baik-baik saja? pikir Kenny sambil mencoba memikirkan keadaannya saat itu. Tak bisa dipungkiri bahwa keadaannya sangat jauh sekali dari definisi 'baik-baik saja'. Namun ia mencoba untuk menyembunyikan perasaan itu dari Anita, Walau sebenarnya ada banyak hal yang ingin ia ceritakan. Kenny menjawab, "Yah....masih agak sedikit terguncang, tapi aku baik-baik saja." Tentu saja ia berbohong saat mengatakan hal itu. Dan ia segera memikirkan kebohongannya selama ini. Untuk apakah aku berbohong? pikirnya. Apakah untuk menyembunyikan jati diriku saat ini? Apakah untuk menyelamatkan diriku dari cemoohan orang-orang yang tak bisa memahamiku? Apakah hanya untuk menyenangkan perasaan orang lain saja? Atau apakah untuk melarikan diri dari kenyataan ini? Ia tak tahu. Mungkin atas dasar itu semualah ia berbohong.

"Apa yang bisa kubantu?" tanya Anita.

Kenny menghela nafas panjang. "Aku tak tahu, Ta. Aku tak bisa berpikir saat ini."

"Baiklah, aku tidak akan memaksamu. Tapi aku ingin kau tahu, kapan pun kau ingin membicarakan hal ini atau hal yang lainnya....aku akan selalu menyediakan waktu untukmu."

"Oh...Ta, itu sangat berarti sekali bagiku. Terima kasih."

"Tidak masalah, itulah gunanya memiliki teman."

Memiliki teman? pikir Kenny. Kata-kata yang dilontarkan Anita sangat bermakna dalam baginya. Ya, aku masih memiliki seorang teman. Tiba-tiba ia merasa kesendiriannya beberapa bulan terakhir hilang begitu saja.

Bab 15

14 Febuari 1999 — NEW YORK

Malam itu Etzhara sedang berada di sebuah pesta, masih di dalam gedung apartemennya. Pesta itu diselenggarakan oleh tetangga barunya yang baru pindah ke apartemen itu, dengan tujuan untuk memperkenalkan diri sekaligus untuk merayakan hari Valentine Day. Sehari sebelumnya Etzhara sempat mencuri dengar pembicaraan orang-orang di lift tentang akan diadakannya pesta itu. Dan ia memutuskan untuk tidak pergi. Namun setelah mengetahui dirinya juga diundang ke pesta itu, melalui selembaran kertas undangan yang diselipkan di setiap pintu masuk apartemen, dengan terpaksa ia harus menghadiri undangan itu untuk memberikan kesan baik.

Pesta yang diselenggarakan di dalam ruangan apartemen yang tidak cukup besar itu berlangsung meriah. Bahkan ruangan yang seharusnya tak bisa menampung orang banyak itu seakan telah disulap menjadi sebuah alua besar dengan nuansa warna merah muda dan lampu berkelap-kelip yang bergemerlapan. Ada sebuah meja panjang yang menyuguhkan dengan bebas aneka makanan dan minuman di sudut ruangan. Dan ada juga pementasan grup musik amatir untuk menambah semaraknya pesta.

Etzhara berdiri di tengah-tengah ruangan berusaha menikmati kemeriahan pesta itu. Tapi ia tak bisa menikmatinya. Ia juga merasakan adanya tekanan dalam dirinya ketika menyadari sebagian besar pengunjung datang berpasang-pasangan. Malam yang seharusnya penuh dengan berjuta-juta cinta itu telah berubah menjadi kehampaan yang tragis bagi Etzhara, mengingat dirinya tak diperkenankan untuk merasakan cinta. Satu-satunya cinta yang masih melekat erat di hatinya adalah perasaan cintanya pada Kenny, tapi justru itulah yang membuatnya terpuruk.

Etzhara menyadari dirinya begitu asing di ruangan itu, maka ia mulai bersosialisasi dengan siapa pun yang ada di dekatnya. Sesekali ada pria yang mengajaknya dansa, tapi ia tolak dengan ramah. Aku tidak sedang mencari teman pria, tegasnya dalam hati.

Setengah jam telah berlalu, dan Etzhara telah menemukan dirinya sedang berbincang-bincang dengan seorang wanita penghuni lama apartemen lantai dasar. Ia membicarakan banyak hal, tapi yang sifatnya tidak pribadi.

Semakin malam semakin bertambah banyak wajah-wajah baru berdatangan. Hal itu membuat Etzhara menjadi tidak nyaman berada di ruangan yang penuh sesak itu. Apalagi ditambah dengan perutnya yang sudah begitu mual sejak tadi. Aku harus segera pulang, tegasnya. Lalu cepat-cepat ia langkahkan kakinya menerobos himpitan orang-orang yang mengelilinginya. Ia bisa merasakan tubuhnya terdorong ke segala arah, yang kemudian memunculkan rasa pening di kepalanya. Belum mencapai pintu keluar, rasa pening itu semakin menggila. Aku tak kuat lagi. Dan ia pun jatuh terkapar di antara kaki-kaki orang banyak, tak sadarkan diri.

Perlahan-lahan Etzhara membuka mata, dan sambil berkedip-kedip ia mencoba mencari tahu keberadaannya saat itu. Ruangan yang amat terang itu terisi dengan sebuah ranjang besar tempat ia berbaring, sebuah meja rias dengan meja kecil di sampingnya, dan sebuah lemari buku yang cukup besar. Ini bukan kamarku, pikirnya.

Hanya berselang beberapa menit saja, dari balik pintu, masuk seorang wanita diikuti dengan pria di belakangnya yang menjinjing tas kecil berwarna hitam. Etzhara mengenal wanita itu, karena sempat berbicang-bincang dengannya di pesta tadi. Namanya adalah Jessica. Namun ia tak mengenal siapa gerangan pria tua berjanggut yang bersamanya.

Sambil mempersilahkan pria itu duduk, Jessica berkata pada Etzhara, "Hei, kau sudah bangun. Kau pingsan cukup lama tadi." Ia berpaling ke arah pria yang bersamanya. "Kubawakan dokter untuk memeriksamu."

Pria tua itu memperkenalkan diri sambil mengeluarkan alat-alat dari dalam tasnya, "Nama saya dokter Patcrik."

Etzhara berusaha bangkit dari ranjang. "Saya tidak sakit, dok. Hanya pusing biasa saja."

Dokter Patcrik menahan tubuh Etzhara. "Ya, kita periksa saja dulu." Lalu ia duduk di tepi ranjang sambil meraba-raba dahi Etzhara, kemudian memasukkan alat pendengar detak jantung dari logam ke dalam bajunya. Dokter itu mengangguk-angguk, lalu ia menindaklanjutinya dengan memeriksa mata Etzhara dengan menggunakan senter kecil yang ia ambil dari dalam tasnya. Dokter itu mengangguk-angguk sekali lagi, lalu memasukan kembali alat-alatnya ke dalam tas dan bangkit berdiri.

Pemeriksaan itu berlangsung dengan sangat cepat, lebih cepat dari yang ia duga. Etzhara tak tahu apa artinya itu. Ia merasa khawatir kalau-kalau ada sesuatu yang serius dalam tubuhnya. "Ada apa dengan saya, dok?"

"Em...banyak kemungkinannya. Bila besok anda sudah cukup kuat, datanglah ke tempat praktek saya agar bisa saya periksa lebih rinci lagi."

Etzhara merasa lemah untuk membantah. "Baiklah," katanya, "saya akan datang."

Esok paginya Etzhara terbangun dari tidurnya dengan perasaan gelisah. Ia masih ragu apakah harus menemui Dokter Patctik atau tidak. Ingin sekali rasanya ia tak ambil peduli anjuran seorang dokter umum yang akan memeriksa tubuhnya lebih lanjut itu. Namun ada sebagian kecil dari dirinya yang ingin mengetahui penyakit apa yang sebenarnya sedang dideritanya. Etzhara duduk di tepian ranjang sambil mencoba menguasai dirinya dari hantu-hantu tidur yang masih mengelilinginya. Tak lama ia memutuskan pergi menemui Dokter Patcrik. Sebelum keluar apartemen, ia sempat sarapan dengan setangkap roti dan secangkir teh. Tapi semua itu dimuntahkannya kembali lantaran perutnya terasa begitu mual.

Setelah sampai di tempat praktek Dokter Pactrik, tubuhnya segera diperiksa secara menyeluruh. Ia disuntik sebanyak dua kali untuk diambil contoh darahnya, lalu disuruh menegak sebutir pil yang entah apa manfaatnya. Saat semua prosedur pemeriksaan itu telah dijalani, ia bertanya pada Dokter Pactrik, "Saya sebenarnya sakit apa, dok?"

"Yah, kita baru bisa mengetahuinya nanti setelah mendapatkan hasil laboratorium," jawabnya seraya menuliskan sesuatu di atas selembar kertas.

"Kapan hasilnya keluar?"

"Paling lama besok, tapi kalau anda mau menunggu..." Dokter Pactrik melirik jam tangannya, "sekitar jam dua juga sudah keluar."

Etzhara juga melirik jam tangannya. Jam dua? Lima jam lagi. "Baiklah," katanya, "akan saya tunggu saja di luar." Ia tahu sebenarnya saat itu ia bisa saja melanjutkan aktivitas kuliahnya dan kembali lagi besok. Tapi ia tak sabar menunggu hari esok.

Masa penantian memang terasa membosankan bagi siapa pun, begitu pula bagi Etzhara. Di masa-masa yang membosankan itu ia menghabiskan waktunya dengan melamun. Lamunannya dengan sendirinya melayang pada bermacam-macam penyakit mengerikan yang mungkin menghinggapinya. Kemarin memang ia tak ambil peduli akan hal itu, tapi setelah contoh darahnya diambil ia mulai khawatir kalau-kalau ada penyakit baru dalam tubuhnya.

Masa penantian akhirnya sampai di ujungnya. Setelah makan siang, Dokter Pactrik mempersilahkan Etzhara masuk ke ruangannya. Dokter itu duduk, lalu tersenyum. Etzhara memang tak tahu apa arti di balik senyuman itu, tapi ia yakin senyuman itu tidak akan memberikannya sebuah kabar buruk.

Sambil mencoba bereaksi biasa-biasa saja, Etzhara bertanya, "Jadi bagaimana, dok? Saya sakit apa?"

Senyuman Dokter Pactrik semakin melebar. "Anda tidak sakit."

"Lalu?"

"Anda hamil."

Tiba-tiba jantung Etzhara seakan berhenti berdetak. Wajahnya memucat dan sekujur tubuhnya menjadi kaku. Bibirnya terasa sulit sekali bergerak saat ia berkata, "Ha...hamil, dok? A...anda yakin?"

"Sangat yakin sekali, seratus persen."

Maret 1999

Dinas kerja Anita di Pekan Baru berakhir lebih cepat setengah tahun. Ia pulang ke Jakarta untuk kembali menjalani aktivitas lamanya seperti sedia kala. Bagi Kenny, kepulangan Anita sangat membantunya untuk melewati masa-masa sulit dalam hidupnya; masa-masa sulit dimana ia masih harus berjuang mati-matian melawan rasa ketergantungannya pada obat-obatan ataupun mengatasi kegelisahannya menanti kembalinya Etzhara.

Kenny mulai menghabiskan banyak waktunya bersama Anita dengan saling bercerita satu sama lain atau bertukar pengalaman. Namun dari sebegitu banyaknya perbincangan, ia tak menyinggung sama sekali mengenai dunia hitamnya. Ia ingin bercerita tentang sisi gelapnya itu, tapi selalu ia urungkan niatnya karena takut tak sanggup menghadapi reaksi Anita nanti. Lagipula beberapa hari belakangan ini ia merasa sudah mulai bisa mengendalikan dirinya lagi dari godaan obat-obat itu. Bahkan ia juga sudah tak ingat lagi kapan terakhir kali bertemu Leo.

Mereka bertemu hampir setiap hari, dan Anita selalu membawa topik pembicaraan baru di setiap pertemuan itu. Ada pembicaraan mengenai kekasih barunya, pekerjaannya, hingga masa depannya. Kenny tak pernah merasa bosan dengan semua perbincangan yang mereka lewati bersama.

Suatu hari Anita melontarkan sebuah pertanyaan sederhana pada Kenny, "Ken, apa yang ingin kau lakukan untuk masa depanmu?"

Kenny tak mengerti bagaimana pertanyaan semudah itu bisa membuat bibirnya seakan terkunci rapat. Ia juga tak tahu bagaimana pertanyaan yang sesederhana itu bisa membuatnya ketakutan. Masa depan? Kenny tak pernah berpikir sejauh itu sebelumnya. Selama ini otaknya hanya mampu berpikir sejauh jam demi jam saja, atau paling jauh hari demi hari. Sendirian di dunia yang luas menjadi hal yang paling menakutkan baginya. Masa depan adalah ketakutan terbesarnya yang baru.

Kenny mencoba memutar balik waktu, melihat apa yang ia lakukan selama setahun ini. Tapi ia tak bisa mengingat apa-apa karena selama itu ia menghabiskan banyak waktu di dunia gelapnya. Lalu ia paksakan melihat dirinya jauh ke depan. Ia melihat sesuatu yang mungkin telah didapatnya jika dirinya tak membuang-buang waktu di belakang sana. Hal itu membuatnya bertanya-tanya, Apakah aku sudah terlambat untuk mendapatkan hal itu sekarang, atau bahkan hanya untuk menginginkannya? Ia pun mulai menanyakan waktu yang tersisa sambil menghitung ratusan hari yang telah terbuang percuma. Aku seharusnya bisa melakukan banyak hal, keluhnya.

Sedemikian takut dan tegangnya Kenny sampai tergagap-gagap saat mencoba mengalihkan pembicaraan, "Em... apakah em... di kantormu... ada em... lowongan... pekerjaan?"

Dan Anita benar-benar teralih, atau mungkin dia hanya ingin mengikuti saja kemana arah pembicaraan Kenny. "Kau mau bekerja sambil kuliah?"

Kenny menyadari kematian ayahnya benar-benar telah memberikan dampak yang sangat buruk bagi perekonomian keluarganya. Keluarganya telah kehilangan tulang punggung sebagai sumber utama pencari nafkah. Untungnya kakaknya sudah bekerja, dan ibunya juga sudah mulai menjalani bisnis kecil-kecilan dengan menjual barang-barang kosmetik. Tapi semua itu masih belum cukup untuk membiayai kelangsungan hidup keluarganya. Masih banyak hutang-hutang bank yang harus dicicil setiap bulan, masih banyak pengeluaran untuk biaya pendidikannya sendiri, masih banyak pula tagihan yang harus dilunasi bulan ini dan bulan-bulan mendatang. Atas dasar tekanan-tekanan itulah Kenny menjawab, "Ya, aku mau berkerja paruh waktu."

Tak sampai seminggu kemudian, Anita mendapatkan lowongan pekerjaan untuknya. Lalu setelah menjalani dua kali wawancara singkat beserta tes-tesnya yang memusingkan kepala, akhirnya Kenny mendapatkan pekerjaan sebagai penjual asuransi. Pekerjaan itu sangat melelahkan, baik secara fisik maupun mental. Para manager di tingkat atas menjanjikan sejumlah uang yang besar sebagai bonus. Hal itu membuat persaingan di sana menjadi sangat tajam. Satu sama lain, sesama staf penjualan, saling sikut-menyikut untuk mendapatkan kepercayaan manager. Dan di situlah Kenny tak mampu bertahan. Belum sampai minggu ketiga ia memutuskan untuk menyerah dan keluar dari pekerjaan itu. Ia berhenti dengan tangan kosong, tanpa hasil apa-apa.

Kenny sempat sangat terkejut setelah merasakan betapa liarnya dunia pekerjaan. Bahkan ia juga sempat trauma setiap kali mendengar kata 'jaminan', 'premi', atau kata-kata lainnya yang masih berbau asuransi. Anita selalu berusaha menenangkan dirinya dengan berkata, "Nanti akan kucarikan pekerjaan yang lain." Tapi tetap saja kata-kata itu tidaklah cukup untuk membuatnya tenang. Setiap malam Kenny merasa amat takut memikirkan dunia pekerjaan yang seperti apa lagi yang akan ia masuki nanti.

Satu minggu berikutnya Anita menepati janjinya. Ia telah mendapatkan pekerjaan baru untuk Kenny, tanpa harus melakukan satu tes pun. Kenny bahkan hanya melakukan satu kali wawancara singkat sebelum diterima, itu pun sifatnya tidak resmi. Pekerjaan yang didapat Kenny kali ini sangat jauh berbeda dengan pekerjaan sebelumnya, yang harus meyakinkan seseorang untuk membeli suatu produk. Tapi juga ada kesamaannya, yaitu harus berinteraksi dengan orang banyak.

Kenny bekerja sebagai seorang pramusaji di kafe New Zealand. Pekerjaannya di sana tidak menuntut untuk mengejar target penjualan, jadi ia bisa bekerja tanpa tekanan. Tapi itu bukanlah satu-satunya hal yang menyebabkan Kenny senang bekerja di tempat itu, masih ada banyak hal lainnya. Status Kenny di kafe New Zealand adalah tenaga kerja paruh waktu. Oleh sebab itu ia tidak datang setiap hari. Ia hanya datang bila sedang dibutuhkan, yang biasanya di saat-saat akhir pekan atau saat hari-hari besar.

Di akhir hari pertamanya bekerja, Kenny langsung dibayar di depan muka sebesar dua puluh lima ribu rupiah. Itu adalah upah pertama dalam hidupnya. Memang jumlah uang yang diterima tidak banyak untuk ukuran delapan jam kerja, belum lagi harus terpotong dengan biaya transportasi dan biaya akomodasi. Pada akhirnya jumlah uang yang didapat secara bersih kurang lebih adalah sepuluh ribu rupiah. Tapi berapa pun jumlahnya tak begitu penting bagi Kenny. Yang penting adalah rasa bangga saat pulang membawa seragam pramusaji kafe dan sekantong donat di tangan kirinya.

Sulit bagi Kenny untuk melihat kesamaan antara dirinya dengan orang-orang di kampusnya. Kebanyakan dari mereka selalu memamerkan sesuatu atau bersikap sok hebat untuk menarik perhatian teman-teman yang lain. Setiap kali mereka membanggakan liburan akhir pekan mereka dengan berjalan-jalan ke luar kota, Kenny sibuk memikirkan kapan pihak kafe memanggilnya lagi untuk bekerja.

Kenny merasa setiap hal dalam hidupnya mulai berjalan seimbang. Bukan hanya karena ia sudah bisa menghasilkan uang, tapi juga karena ia sudah mulai menanggulangi ketergantungannya pada obat-obatan. Sangat mudah sekali baginya untuk mengendalikan setiap hal saat itu. Ia berharap keadaan tidak kembali memusuhinya.

17 Maret 1999 – NEW YORK

Etzhara merasakan rasa sakit yang begitu dalam, bahkan ia tak tahu ada rasa sakit yang sehebat itu dalam hidup ini. Tapi rasa sakit itu sama sekali tak berhubungan dengan kondisi fisiknya. Rasa sakit itu muncul setiap hari, setiap jam, dan setiap detik selama sebulan terakhir; rasa sakit saat dirinya mengetahui ada seorang manusia lain dalam tubuhnya, yang merupakan bagian dari dirinya dan dari seorang pria yang tak mungkin bisa ia temui lagi. Dan ia harus membinasakan rasa sakit itu.

Beberapa hari terakhir Etzhara menguras otaknya sedemikian hebat untuk berpikir. Dipaksanya dirinya untuk memikirkan dimana ia akan menggugurkan kandungannya. Ia tak mungkin bisa mempertahankan cabang bayi dalam perutnya itu. Ia tak sanggup untuk memberikan penjelasan pada ayahnya atau pada siapa pun juga. Maka ia harus sesegera mungkin mengambil sikap sebelum perutnya mulai membuncit. Ia sempat menyuruh petugas pintu apartemennya untuk mencari tahu siapa dokter yang biasa menangani masalah pengguguran bayi. Dan kemarin malam ia telah mendapatkan jawabannya. Etzhara langsung memberikan petugas itu sejumlah uang sebagai ucapan terima kasih sekaligus untuk tutup mulut.

Siang itu ia berdiri seorang diri di luar pintu masuk sebuah bangunan kecil bertingkat dua yang terletak di pinggiran kota New York. Sebelum melangkah masuk, ia memandangi rintik-rintik air hujan yang turun sejak pagi. Ia berpikir apakah Tuhan juga ikut menangisi keputusan yang akan ia buat sebentar lagi.

Ada seorang wanita muda yang bertugas di meja pendaftaran setelah pintu masuk. "Apakah ada yang bisa saya bantu?" tanyanya.

"Em...saya Amanda Etzhara. Saya sudah punya janji dengan Dokter Alex untuk..." Etzhara tak dapat meneruskan kata-katanya karena tak sampai hati mengucapkannya.

Wanita itu mengangguk, seakan tahu apa yang ada dalam pikiran Etzhara. Lalu ia melirik lembaran kertas dihadapannya sejenak sebelum berkata, "Dokter Alex sudah menunggu anda di ruangannya." Ia menunjuk ke arah lorong di sisi kirinya. "Ikuti saja lorong ini, lalu belok kiri. Ruangannya ada di sebelah kanan."

Etzhara duduk gemetar di dalam ruangan Dokter Alex. Sesekali melintas dalam kepalanya bayangan cabang bayi dalam perutnya. Dan hatinya mulai menangis sedemikian hebat hingga nafasnya sesak. Tak lama, Dokter Alex masuk dan duduk dihadapannya. Dokter dengan wajah bulat dan kepala botak itu masih terlihat muda. Meskipun demikian, ia tampak cukup berpengalaman dalam bidangnya.

Sambil melihat kertas kecil yang ada dalam genggamannya, Dokter Alex bertanya, "Anda Amanda Etzhara?"

Etzhara mengangguk.

"Saya Dokter Alex." Ia memperhatikan kegelisahan Etzhara, lalu mengisi sebuah gelas dari kertas dengan air mineral dan mendorongnya lemah kehadapan Etzhara. "Minumlah dulu."

Etzhara menurut, dan tak lama gemetarnya mulai berkurang.

"Jadi anda ingin kandungan anda digugurkan?"

Pertanyaan itu langsung membuat Etzhara merasa seperti seorang pembunuh bayi yang keji. Ia menunduk dan perlahan-lahan berkata, "Iya."

"Sudahkah hal ini dibicarakan dengan suami anda?"

Aku tak mempunyai suami! Ini anak haram! teriak Etzhara dalam hati. "Sudah," bohongnya, "ini yang kami berdua inginkan."

Dokter Alex mengamat-amati Etzhara. "Apakah suami anda mempunyai masalah keuangan?"

Mengapa orang ini banyak sekali bertanya? pikir Etzhara. "Tidak," jawabnya ketus. "Saya....eh.. kami hanya ingin menggugurkan bayi ini, itu saja."

Dokter Alex memeriksa lembaran-lembaran kertas dihadapannya.

Etzhara sudah tak sabar lagi menunggu. Sarafnya demikian tegang hingga rasanya akan putus. Ia ingin semuanya segera selesai, lalu keluar dari ruangan itu secepat mungkin. "Bisakah kita selesaikan masalah ini dengan cepat?"

Dokter Alex memahami gejolak emosi Etzhara. Dan ia memberikan penjelasan, "Masalah pengguguran bayi sifatnya permanen. Anda masih bisa mengubah keputusan anda sekarang, tapi anda tak bisa lagi mengubahnya setelah..."

"Saya tak ingin mengubah keputusan saya," potong Etzhara.

Dokter Alex mengangguk. "Baiklah kalau begitu." Ia menunjuk ke arah kamar ganti pakaian. "Silahkan anda ganti pakaian dulu dengan pakaian yang sudah tersedia di sana. Setelah itu," Ia menunjuk ke sebuah meja pemeriksaan. "berbaringlah di sana."

Etzhara mengganti pakaiannya dengan pakaian rumah sakit berwarna putih polos, lalu berbaring di meja pemeriksaan.

Dokter Alex bangkit seraya berkata, "Baiklah, saya akan periksa anda terlebih dulu."

Kaki Etzhara dimasukkan ke dalam sebuah kekang dari logam yang terasa dingin. Dan tak lama, ia bisa merasakan jari-jemari dokter itu meraba-raba di dalam tubuhnya. Jari-jari itu terasa lembut dan penuh keahlian. Berselang beberapa menit kemudian, Dokter Alex berkata, "Anda bisa berpakaian lagi sekarang. Operasinya akan kita lakukan besok pagi."

Besok pagi? Aku tak bisa menunggu selama itu, pikir Etzhara. Ia takut kalau-kalau dalam waktu sehari saja perutnya sudah mulai berubah bentuk. "Tidak bisa dilakukan sekarang saja, dok?"

"Bisa, tapi sudah ada dua orang yang datang lebih awal dari anda. Kalau anda ingin tetap menunggu....sekitar empat jam lagi."

Menunggu lagi, keluh Etzhara. "Baiklah."

Lima jam kemudian, Etzhara sudah berbaring di tempat tidur yang sempit dengan mata terpejam. Jantungnya berdebar-debar begitu keras, dan nafasnya mulai menyesak. Ia masih menunggu Dokter Alex yang sedang menyiapkan sesuatu di luar ruangan operasi. Tak lama, ia mendengar suara pintu ditutup, lalu ia membuka mata.

Dokter Alex berdiri di sampingnya. "Apakah anda sudah siap?"

Etzhara ingin semuanya segera selesai, walaupun tak bisa diingkari sebentar lagi ia akan membunuh seorang bayi yang tak berdosa. "Ya," jawabnya lemah.

Dokter Alex meraih sebuah jarum suntik dari meja di samping tempat tidur, dan menyuntikkannya ke tubuh Etzhara. Tak membutuhkan waktu yang lama, Etzhara sudah mulai merasa mengantuk. Ia melihat dinding-dinding kamar mulai memburam. Ia bisa merasakan semua ketegangannya lenyap begitu saja bagaikan keajaiban. Ia ingin menanyakan sesuatu pada Dokter Alex, tapi sekarang sudah tak penting lagi. Yang penting sekarang hanyalah dirinya akan menjalani apa yang harus dilakukan. Beberapa menit lagi semuanya itu akan berlalu, dan Etzhara bisa kembali menjalani hidupnya lagi.

Etzhara merasa dirinya seperti sedang berada dalam mimpi, tapi ia masih bisa merasakan hawa dingin ruangan menembusi pakaiannya yang tipis. Ia juga masih bisa mendengar suara Dokter Alex berbicara padanya, "Tidak apa-apa. Tidak akan terasa sakit."

Seorang perawat wanita memasang masker di wajahnya, dan berkata, "Tarik nafas dalam-dalam."

Tak lama kemudian, ia merasa ada tangan yang mengangkat pakaiannya dan merengangkan kakinya. Lalu dirasakannya suatu alat baja yang dingin mulai bergerak di antara kedua pahanya. Inilah saatnya, yakin Etzhara. Maafkan aku, Tuhan. Ia sudah tak sadarkan diri lagi.

Bab 16

26 Juni 1999 – NEW YORK

Sore itu Etzhara duduk seorang diri di tengah-tengah kerumunan orang yang memadati taman kota. Hatinya masih terluka. Keputusan yang ia buat tiga bulan lalu masih terasa nyata dalam pikirannya, dan benar-benar menyakitinya hingga ia tak kuasa menahan rasa sakit yang masih melekat di ingatannya. Ia tahu keputusan itu memang harus dibuat, namun tetap saja ia tak bisa mengelak dari suatu kenyataan pahit dimana dirinya telah membunuh seorang bayi yang tak berdosa.

Ia memandangi beberapa wanita yang sedang mendorong kereta bayi, lalu mengamati anak-anak kecil yang sedang bermain berlari-larian. Dan segera munculah gambaran sosok bayi kecil yang pernah ada dalam perutnya. Bayi itu keluar dari dalam tubuhnya, kulitnya sehalus kain sutra dengan bola mata yang berbinar-binar. Lalu bayi kecil itu mulai melangkah setapak demi setapak, hingga bisa mengeluarkan satu kata pertamanya; mama. Etzhara seakan bisa merasakan perasaan cintanya yang semu pada bayi kecil itu, lalu ia menangis dalam hati memikirkan hal itu. Kali ini hidup mengharuskannya untuk merasakan cinta yang sangat singkat; begitu singkatnya hingga ia harus segera mengakhiri perasaan itu.

Dalam dirinya terasa penuh sekali dengan berjuta-juta rasa bersalah yang tak akan mungkin bisa termaafkan. Namun bila dirinya harus dihadapkan kembali pada situasi yang serupa, ia pasti akan melakukan hal yang sama karena ia masih belum siap untuk menjadi seorang ibu.

Etzhara mengambil tissue dari dalam tasnya untuk menyeka beberapa tetes air mata yang telah mendobrak keluar. Tiba-tiba ia teringat kembali perkataan Kenny padanya beberapa tahun silam, "Tidak ada keputusan yang salah bila tak melibatkan emosi." Etzhara mengerutkan dahinya. Aku tak melibatkan emosi, tegasnya. Keputusan itu memang harus kubuat. Lalu ia mencoba mengulang waktu ke belakang, mencoba mengingat kembali bagaimana peristiwa itu berawal. Bodoh, keluhnya. Bagaimana aku bisa seceroboh itu? Andai saja aku tidak terlalu mabuk malam itu.

Penyesalan memang selalu datang terlambat. Bagi Etzhara, penyesalannya itu harus ditanggung seumur hidup. Meskipun kenyataannya seperti itu, ia tak ingin berlarut-larut dalam rasa sesal itu terlalu lama. Ia harus kembali memfokuskan dirinya lagi pada kuliahnya yang sempat tertunda.

Etzhara berdiri dan hendak pergi dari taman kota untuk kembali ke apartemennya. Ia sempat memikirkan bagaimana caranya menceritakan pengalaman pahitnya itu pada Kenny. Kuharap ia dapat memahaminya.

24 Agustus 1999

Hari itu Anita dan Kenny sedang berada di kafe Crashdown, suatu tempat yang sudah tak asing lagi bagi mereka berdua. Biasanya mereka berbincang-bincang santai di tempat itu, tapi tidak kali ini. Perbincangan serius sedang terjadi.

"Jadi sekarang kau dikirim ke Singapore?" tanya Kenny terkejut sambil membelakkan matanya. "Memangnya tak ada orang lain yang bisa menggantikanmu?"

Kepala Anita sedikit tertunduk, menggeleng-geleng.

"Huh," Kenny menghela nafas, "ya sudahlah kalau begitu. Lalu untuk berapa lama?"

Anita terdiam cukup lama, tak tahu bagaimana harus memulai menjelaskannya.

"Enam bulan?" desak Kenny memecahkan keheningan. "Setahun?"

Anita masih tetap tak mampu berkata-kata. Tapi ia tahu bagaimana pun juga ia harus mengatakan yang sebenarnya pada Kenny. Lalu, setelah mendapatkan suasana yang pas, ia memulai penjelasannya, "Begini, Ken. Aku telah diberikan kepercayaan penuh oleh bosku untuk menemaninya selama dia berada di sana."

"Iya, aku mengerti," potong Kenny. "Tapi untuk berapa lama?"

Anita mengambil waktu sejenak sebelum melanjutkan penjelasannya, "Aku tak tahu pastinya untuk berapa lama. Mungkin sekitar tiga tahunan."

"Tiga tahun itu waktu yang sangat lama, Ta." Wajah Kenny menampilkan suatu kekecewaan. "Bagaimana kau bisa setega ini meninggalkanku sendirian lagi?"

Anita memegang tangan Kenny. "Aku tahu memang kedengarannya sangat egois..."

"Memang benar," potong Kenny seraya menarik tangannya.

"Tapi coba kau lihat dulu dari sudut pandangku."

Kenny melipat tangannya di dada. "Oke, mulailah menjelaskan."

Anita menarik nafas dalam-dalam. "Aku membutuhkan kesempatan seperti ini, Ken. Aku sangat membutuhkannya untuk karierku ke depan nanti." Ia terdiam sejenak lalu kembali melanjutkan, "Ini kesempatan yang sangat langka bagiku Ken, dan aku tak mau mengambil resiko dengan menyia-nyiakan kesempatan yang mungkin hanya akan terjadi sekali saja dalam hidupku. Cobalah berada pada posisiku saat ini. Cobalah mengerti mengapa aku harus mengambil keputusan ini."

Kenny tak bisa berkata-kata lagi karena tak tahu alasan apa yang bisa membuat Anita mengurungkan niatnya. Di satu pihak ia membutuhkan sahabatnya itu, mengingat Anita adalah satu-satunya tempat untuk mencurahkan seluruh isi hatinya. Namun di lain pihak ia menyadari bahwa dirinya tak mempunyai hak sama sekali untuk mengatur hidup Anita. Ia juga menyadari keegoisannya hanya akan menghambat karier dan masa depan gadis itu.

"Lagipula kita kan masih bisa berhubungan lewat telepon," lanjut Anita.

Tiba-tiba Kenny teringat Etzhara pernah menjanjikan hal yang sama sebelum pergi ke New York, yang pada awalnya masih terjadi komunikasi hingga seiring dengan berjalannya waktu komunikasi itu pun mulai memudar dan hilang. Terasa sakit bagi Kenny untuk kembali mengingat hal itu, dan lebih sakit lagi saat menyadari bahwa dirinya sedang dihadapkan pada situasi yang serupa. Kendati demikian, ia masih sanggup menyembunyikan rasa kehilangannya itu dari Anita, walau batinnya kerap kali mengeluh, Aku akan kehilangan satu orang lagi. "Kau benar, Ta," katanya dengan nada melemah. "Kita masih bisa berhubungan lewat telepon."

Anita mencoba membaca ekspresi yang terlukis di wajah Kenny, dan berkata, "Ayolah Ken, dukunglah keputusanku ini."

Kenny memaksakan diri tersenyum. "Bila menurutmu itu adalah keputusan yang terbaik untukmu, maka aku tak punya pilihan lain lagi selain memberikan dukungan penuh."

"Ken, seperti yang biasa selalu kukatakan padamu bahwa aku akan selalu menyediakan waktu kapan saja kau membutuhkanku. Aku tak akan pernah bosan mengatakan hal itu padamu."

"Ya, aku tahu."

Anita meraih tas kulitnya dari kursi di sebelahnya, lalu merogoh ke dalamnya untuk mengeluarkan secarik kertas yang terlipat menjadi empat bagian dan memberikannya pada Kenny.

"Apa ini," tanya Kenny penasaran seraya mengambil alih kertas itu.

"Em...lihat sajalah sendiri."

Saat kertas lipatan tebuka, terlihat sebuah tulisan tangan rapi yang berbahasa inggris.

Friendship

Life is full lots of downs
Force you go fall to the ground
It's hard to know what you feel inside
But let me walk with you by your side

All the things when everything's wrong
You have my arms to wipe the torn
All the times when you must hold your tongue
I'll help you to carry on

Together...forever 'till the end
I'll be the one to hold your hand
And nothing can tear us apart

From the bond of our heart

I'll be your shoulder to cry on
For you must not be alone
Even when the world is gone
I'm still your friend to rely on

Kata-kata dalam puisi itu sangat menyentuh dan bermakna sangat dalam, hingga Kenny merasa tetesan air mata haru seakan mulai ingin mendobrak keluar. Namun ia berusaha mengendalikan emosinya. "Sepertinya pernah kulihat kata-kata ini. Jangan-jangan kau curi dari teks lagu," candanya.

Anita tersenyum singkat, lalu berkata, "Ken, jangan pernah merasa kau sendirian di dunia ini....karena masih ada aku."

Kenny membalas tersenyum. Kata-kata Anita itu sangat berarti baginya, dimana ia mendapat semacam pengakuan bahwa sebenarnya dirinya tak pernah sendirian di dunia ini. Namun tetap saja kata-kata itu tak bisa menipu keadaan yang sebentar lagi akan membawa pergi sahabatnya itu.

Orang-orang kembali untuk banyak alasan yang berbeda-beda. Ada yang kembali untuk mengingat sesuatu. Ada yang kembali karena telah kalah dalam suatu hal. Ada yang kembali karena tak memiliki tempat tujuan lain untuk dituju. Ada juga yang kembali untuk memohon pintu masuk ke masa lalu. Tapi bagi Kenny, kembalinya Anita beberapa bulan yang lalu hanyalah untuk mengucapkan perpisahan.

Bab 17

September 1999

Entah sudah berapa lamanya Kenny tak mendapatkan panggilan kerja lagi dari pihak kafe New Zealand. Baginya hal itu hanya berarti satu hal; hidupnya telah keluar lagi dari jalur, tak berjalan sesuai dengan rencananya. Satu hal yang ia pikir dapat mengarahkannya ke masa depan telah sirna. Maka ia pun kembali terpuruk. Ia kembali kehilangan minat akan hidupnya. Ia merasa begitu muak melihat dunia dari kedua matanya saat itu. Dunia yang ia pikir telah berhenti memusuhinya, seakan kembali memusuhinya. Ini adalah kutukan, kata-kata itu sajalah yang kerap kali melintas dalam benaknya.

Kenny merasa sendirian lagi di dunia ini. Perasaan itu harus dihadapinya setiap hari, setiap malam dan setiap jam. Memang ia masih selalu bisa menghubungi Anita, tapi berbicara melalui telepon tidaklah sama rasanya dengan berhadap-hadapan secara langsung. Kegelisahan itulah yang memaksanya kembali mengkonsumsi obat-obatan terlarang. Baginya, kehidupan di dunia nyata adalah seperti hidup di dalam penjara, terkurung dalam terali besi dan tak bisa keluar. Setiap kali ia merasa melihat pintu keluar, pintu itu segera tertutup saat ia berjalan mendekatinya. Hal seperti itu selalu terjadi berulang-ulang kali, dan membuatnya kesal, sedih, sekaligus kecewa. Ia tak mengerti apa yang salah dari kehidupannya di dunia nyata, karena itu ia berlari mencari dunia yang lain.

24 November 1999

Kenny berjalan seorang diri dalam kegelapan. Ia pandangi setiap penjuru tempat, tapi tak ada satu pun yang terlihat. Sangat gelap. Lalu cahaya-cahaya aneh mulai bermunculan satu per satu, entah dari mana asalnya. Mereka mengelilingi Kenny, seakan sedang menatapnya. Kenny merasa takut. Sebegitu takutnya hingga ia bisa mendengar nafasnya yang berat, yang tersendat-sendat seperti kehabisan udara.

Cahaya-cahaya itu mulai memerah, seakan telah menunjukkan amarahnya. Kenny berusaha memutar badan, mencari celah yang ada untuk melarikan diri secepat mungkin. Tapi kakinya seperti terikat. Cahaya-cahaya itu pun mulai mendekat. Kenny berteriak sekuat mungkin untuk menyelamatkan jiwanya yang terancam, namun ia sendiri bahkan tak sempat mendengar suaranya yang begitu ketakutan.

Kenny terjatuh, kepalanya membentur lantai. Ia panik saat mencari-cari pegangan untuk berdiri, hingga ia terduduk sendirian dalam kegelapan. Lalu ia menajamkan pandangan matanya, berusaha menemukan keberadaan cahaya-cahaya aneh itu. Namun semakin tajam matanya memandang ke sekeliling ruangan, semakin ia menyadari bahwa dirinya sedang berada di dalam kamarnya yang gelap. Itu hanya mimpi, katanya dalam hati. Tiba-tiba jantungnya seperti naik ke tenggorokkan saat mengingat mimpi tadi. Apa maksud mimpi itu? Tapi ia tak membiarkan pertanyaan itu singgah berlama-lama dalam otaknya.

Siangnya, Kenny memutuskan tidak pergi ke kampus. Keputusan semacam itu bukan merupakan keputusan yang sulit baginya, mengingat ia sudah sering bolos kuliah sepanjang bulan itu. Setiap kali bolos, ia tak mempunyai tempat tujuan lain selain ke rumah Leo. Hubungannya dengan Leo telah kembali terjalin lagi.

Hari itu Leo tidak terlihat seperti biasanya. Ia begitu resah, sepertinya ada suatu hal yang membuatnya tidak nyaman. Beberapa kali ia melihat keluar jendela kamar, entah untuk apa. Saat Kenny menanyakan hal itu padanya, ia hanya menjawab, "Tidak ada apa-apa. Tak usah kau pikirkan." Tentu saja itu menjadi beban pikiran Kenny, karena ia juga mulai ikut merasa tidak nyaman dengan suasana di kamar itu.

Dua jam telah berlalu, tapi keresahan Leo masih belum juga memudar. Perasaan Kenny menjadi tidak enak akan hal itu, dan membuatnya benar-benar tidak nyaman lagi. Lalu ia putuskan untuk segera keluar dari rumah Leo, walaupun saat itu ia tak memiliki tempat tujuan lain untuk dituju.

Setelah berpamitan singkat pada Leo, cepat-cepat Kenny berpijak keluar dari kamar. Leo tak mengantarkannya ke luar, dia masih sibuk dengan kegelisahannya sendiri. Perlahan-lahan Kenny berjalan menuruni anak tangga menuju pintu samping rumah. Begitu ia buka pintu itu untuk keluar, sebuah tangan yang sangat kokoh menahannya tepat di bagian dada. Ia sangat terkejut, rasanya nafasnya seperti berhenti sejenak. Tapi rasa terkejut itu berubah dengan cepat menjadi rasa takut saat ia sadari seorang pria berseragam polisi sedang berdiri dihadapannya, menahan lajunya keluar.

Kenny mencium sesuatu yang buruk akan terjadi, ia merasakannya begitu kuat dalam batinnya. Saat ia alihkan pandangannya ke tempat lain, terlihat banyak pria berseragam polisi sedang berkerumunan di luar pagar. Ia semakin takut. Jantungnya berdebar-debar tak teratur. Nafasnya menjadi lebih sesak dari sebelumnya. Kedua kakinya pun seperti terikat pada sesuatu. Ia tak bisa bergerak, seakan membeku dihadapan pria di depannya. Ia bahkan tak mampu menggerakkan bibir untuk menanyakan apa yang sedang terjadi.

Ia melihat ibunya Leo sedang berdiri di dalam pagar, mencoba menahan masuk pria-pria berseragam itu. Ibu Leo seperti berapi-api saat berbicara dengan salah seorang dari mereka. Tapi tak lama, beberapa di antara mereka berhasil mendobrak masuk, dan salah seorangnya berjalan ke arah Kenny seraya berkata pada rekannya, "Masih ada satu di dalam."

Sekuat tenaga Kenny paksakan dirinya menepis tangan pria yang menghadangnya. Lalu pria itu menatapnya dengan sorot mata yang sedingin es dan kejam. Sedikit demi sedikit bibir Kenny mulai bergerak-gerak, "A... ada a... apa... pak?"

"Kau ikut kami!" bentak pria berseragam itu.

"Ta...tapi a...ada apa, pak?"

"Masih banyak tanya lagi. Sudah cepat ikut kami!"

Kenny kehilangan keseimbangan ketika tangannya ditarik paksa oleh pria itu. Ia jatuh terlentang, dan segera teringat mimpinya semalam. Dikejap-kejapkan matanya berharap semua itu hanyalah mimpi. Tapi pria itu tak juga berhenti menarik tangannya, dan hal itu membuatnya sadar bahwa semua itu nyata. Susah payah Kenny berusaha berdiri, dan bisa terasa usaha pria lainnya membantunya berdiri. Dadanya kembang kempis karena ketakutan bercampur kekurangan oksigen.

Saat dituntun secara paksa keluar pagar, ia bisa melihat sebagian besar pria berseragam polisi telah berhamburan masuk ke dalam rumah melalui pintu utama maupun pintu samping. Ia mencoba mencari-cari ibunya Leo, tapi wanita itu lenyap di antara banyaknya manusia yang memadati halaman luar dan halaman dalam rumah. Lalu ia memandangi anak-anak kecil yang juga ikut berdesak-desakan. Mereka sempat memberikan senyuman padanya sebelum orang tua mereka membisikkan sesuatu yang membuat mereka menunduk. Kenny merasakan suatu perasaan aneh saat memandangi semua orang yang mengelilinginya. Mereka semua memandanginya dengan pandangan yang penuh jijik dan dendam. Lalu ia berpikir, Apa yang telah kulakukan hingga aku harus mendapatkan perlakuan seperti ini? Kenny masih belum bisa memahami apa yang sebenarnya sedang terjadi.

Ia dibantu naik ke sebuah mobil bak tertutup. Di sana telah menanti dua pria seumurannya yang sedang dijaga oleh seorang polisi bersenjata. Salah seorang dari mereka terlihat tidak asing. Kenny mencoba mengingat-ingat sambil menatap orang itu dalam-dalam. Dan ia segera teringat bahwa Leo pernah melakukan 'transaksi' dengannya. Sedikit demi sedikit Kenny mulai memahami apa yang sedang terjadi. Lalu, hanya berselang lima menit saja, Leo pun digiring naik ke dalam mobil dengan kondisi yang memprihatinkan. Ia benar-benar masih berada di alam lain, tak sadar akan apa yang sedang terjadi.

Kenny menatap wajah-wajah teman seperjalanannya, wajah-wajah para korban. Si Leo, tentunya masih terlihat seperti orang bodoh yang bila diajak bicara jawabannya melantur. Korban lain yang tak asing, menampakkan kesan biasa-biasa saja, dan bahkan terlihat bosan. Seorang lagi sisanya hanya tertunduk lesu, seakan hidupnya telah berakhir. Itu yang juga Kenny rasakan. Hidupku akan berakhir. Kenny memang masih belum tahu akan dibawa kemana, tapi ia yakin akan dibawa ke tempat yang menakutkan. Ia menghela nafas panjang saat batinnya berkata, Selamat tinggal dunia.

Perjalanan menuju tempat yang masih tanda tanya itu seakan tiada akhir. Udara dalam mobil bak sangat panas dan berbau tak sedap karena cucuran keringat-keringat setiap orang di dalamnya. Kenny merasakan rasa takut yang luar biasa, yang belum pernah ia rasakan sebelumnya. Cepat-cepat ia alihkan rasa takut itu dengan berpikir. Banyak hal yang telah terjadi dalam hidupnya dalam kurun waktu dua tahun terakhir, yang kerap kali ia tak menyadarinya. Dan pada saat dirinya sadar, semuanya sudah berantakan. Lalu Kenny bertanya pada dirinya sendiri, Bila aku mengetahui hal-hal itu akan terjadi, dapatkah aku merubahnya? Akankah aku melakukan lebih baik dari yang kulakukan selama ini?

Perjalanan yang seakan tanpa akhir itu akhirnya berakhir juga. Saat Kenny keluar dari dalam bak mobil, ia sempat mengejap-ejapkan mata karena silaunya sinar matahari, sebelum menyadari dirinya telah dibawa ke kantor polisi. Ia merasa sesuatu yang menyeramkan telah menantinya di dalam bangunan itu.

Ia, beserta tiga korban lainnya, dituntun ke dalam sebuah ruangan yang telah dipadati oleh banyak orang berseragam polisi. Lalu mereka jogkok berjejer di atas lantai bersemen yang kotor, sementara orang-orang berlalu–lalang tak menentu. Tak lama, secara bergiliran, nama mereka dipanggil satu per satu oleh seorang polisi yang telah siap dengan sebuah mesin ketik dihadapannya. Kenny sangat terkejut ketika gilirannya tiba. Ia panik sampai-sampai kehilangan keseimbangan saat berdiri. Langkah kakinya terasa begitu berat, seakan ada besi logam seberat satu ton yang menimpa salah satu kakinya.

Ia duduk menunduk di atas sebuah kursi yang terbuat dari kayu. Pikirannya melayang saat polisi dihadapannya mulai mengajukan pertanyaan. Dan ia terpaksa sadar saat pria itu membentaknya, "Hei, siapa namamu!"

"Ke..Kenny Disney, pak," jawabnya terbata-bata karena terkejut.

Lalu polisi itu melontarkan pertanyaan-pertanyaan selanjutnya. Pada awalnya pertanyaan-pertanyaan itu sangat mudah, tapi semakin lama semakin banyak pertanyaan yang tak bisa Kenny mengerti. Beberapa kali ia hanya terdiam karena tak tahu harus menjawab apa. Tapi polisi-polisi lainnya mulai ikut serta membentaknya, memojokkannya, dan sesekali memukul lengannya. Mendapat perlakuan yang sekasar itu, Kenny tak memiliki pilihan lain selain menjawabnya dengan apa saja yang melintas di pikirannya saat itu. Bahkan beberapa kali ia terpaksa harus berbohong untuk menghentikan teriakan-teriakan mereka. Dan itu berhasil. Akhirnya keadaan yang menakutkan itu telah terlewati, tapi masih belum berakhir sampai di sana. Perjalanan yang menakutkan itu masih tetap harus berlanjut.

Kenny berjalan menunduk saat dituntun oleh dua orang polisi ke suatu tempat. Tiga korban lainnya berjalan berbaris di belakangnya. Ia berjalan bagai tak sadar, di tempat yang asing, terpencil, dan yang tak pernah ia bayangkan sebelumnya. Tak lama langkah kakinya terhenti, dan ia mendongakkan kepala. Ia terkejut ketika melihat terali-terali besi dihadapannya. Ini adalah penjara, pikirnya.

Salah seorang polisi membuka pintu sel. "Masuk!" perintahnya.

Kenny berkedip-kedip dan melihat ke dalam sel. Ada tiga orang pria yang telah menanti di dalam sana. Ekspresi wajah mereka sangat bervariasi, mulai dari acuh tak acuh hingga seperti sedang menertawakan dalam hati. Mereka adalah kumpulan orang-orang yang tidak diterima di masyarakat, seperti dirinya, yang dikurung bagai binatang liar. Kenny sempat bertanya-tanya dalam hati kejahatan apa yang telah mereka lakukan.

Tiba-tiba tubuhnya terdorong dengan kasar. "Cepat masuk!" bentak seorang polisi di belakangnya.

Hanya berselang beberapa detik saja, ia mendengar pintu sel berdebam ditutup di belakangnya. Sekujur bulu-bulu tubuhnya berdiri serempak saat mendengar suara itu. Lalu ia amati sekeliling. Tiga korban yang lain juga sudah masuk, satu sel dengannya. Dan tak lebih dari satu menit waktu yang ia perlukan untuk mengamati keseluruhan ruangan sel. Dindingnya bata balok berwarna putih kecoklat-coklatan karena kotor. Lantainya terbuat dari semen yang sepertinya sudah sejak lama tidak digosok. Ia mencium bau-bau yang sangat tidak mengenakkan saat menyadari tidak ada toilet di dalam sel itu.

Kenny bisa merasakan tulang-tulang dalam tubuhnya mulai gemetar. Ia pejamkan mata sejenak, dan berkhayal. Dalam khayalan itu ia seakan-akan bisa melihat dirinya keluar melalui pintu sel. Ia tersenyum dalam hati. Semakin kuat dirinya berkhayal, semakin kuat pula rasa hangat mengalir dalam darahnya. Namun pada saat matanya terbuka, ia merasa seperti ada seutas karet gelang yang sangat besar melilit bagian atas dadanya dan membuat nafasnya menjadi sesak. Ini nyata, yakin Kenny.

Ia mulai menghiraukan semua orang di sekelilingnya, dan membiarkan saja mereka saling berbisik-bisik satu sama lain. Ia sudah tak peduli sedikit pun pada mereka. Mungkin mereka adalah teman-teman sesama korban, tapi mereka adalah racun. Saat itu yang Kenny inginkan hanyalah diam dan berpikir. Ia butuh berpikir untuk memahami semua itu, untuk memahami mengapa dirinya harus berakhir di tempat itu. Lalu nafasnya terhela panjang saat ia sadari bahwa tak mungkin lagi dirinya bisa kembali seperti sedia kala. Sebagian besar dari diri Kenny telah mati, dan sepertinya yang tersisa hanyalah serpihan jiwa yang sudah tak tahu lagi bagaimana caranya untuk hidup.

Dua jam berikutnya Kenny mulai menanti. Tapi ia tak tahu apa atau siapa yang dinantikan. Mungkin ia menantikan salah seorang anggota keluarganya datang untuk menebusnya keluar sel. Mungkin ia menantikan kebaikan hati para polisi yang akan membukakan pintu sel. Tapi yang pasti ia sedang menantikan keajaiban; keajaiban yang akan mengeluarkannya dari tempat itu.

Ratusan menit telah terlalui, tapi masih belum ada juga tanda-tanda keajaiban akan terjadi. Hal itu hanya mengartikan satu hal bagi Kenny; malam itu ia harus menginap di sana untuk entah sampai kapan. Kenny mulai memandangi teman-teman satu selnya. Beberapa dari mereka telah terlelap, dan dua orang lainnya sedang melamun atau mungkin sedang mengkhayalkan sesuatu. Kenny merebahkan dirinya ke atas dinginnya lantai bersemen, dan metatap langit-langit ruangan yang penuh dengan sarang laba-laba. Lalu ia tutup kedua matanya, dan berharap tidak akan pernah terbuka lagi.

Ia berada di sebuah lapangan luas yang dipenuhi dengan berbagai macam jenis bunga-bungaan. Bisa tercium aroma harum menusuk jauh ke dalam hidungnya hingga terasa begitu menyegarkan. Ia pandangi sekelilingnya. Saat matanya memandang jauh ke suatu tempat, terlihat setangkai bunga berwarna biru yang sangat mencolok di antara bunga-bunga lain di sekitarnya. Bunga itu seakan-akan menggoda dan memanggil-manggil namanya. Lalu ia berjalan mendekatinya dengan langkah seringan embun pagi, sambil bersiul-siul riang. Semakin dekat dirinya dengan bunga itu, semakin tercium bau-bau tak sedap. Saat batang hidungnya sudah tinggal beberapa centimeter lagi dari kelopak bunga, bau-bau busuk itu menjadi begitu kuat seakan mampu menyakiti hidungnya. Ia coba gerak-gerakkan batang hidungnya dengan memalingkan wajahnya ke sisi lain. Tapi aroma yang begitu menjijikkan itu seakan sudah melekat dalam hidungnya.

Perlahan-lahan mata Kenny terbuka, menatap salah satu dinding ruangan. Ia segera menyadari itu hanyalah mimpi. Tapi bau busuk tadi masih bisa tercium sangat jelas olehnya. Ia amati langit-langit ruangan. Ini bukan kamarku, pikirnya. Lalu ia palingkan tubuhnya ke sisi lain, dan melihat orang-orang yang seruangan dengannya. Tiba-tiba ia menyadari satu hal lagi, satu hal yang membuat jantungnya berdetak lemas, yaitu suatu kenyataan dimana dirinya masih berada di dalam kurungan penjara.

Rasa takut kembali datang menghantuinya, tapi dalam kapasitas yang jauh lebih parah dari yang dirasakannya beberapa jam lalu. Ia berteriak sekuat mungkin dalam hati agar rasa takut itu hilang, atau agar setidaknya dirinya bisa merasa lega. Tapi tidak berhasil. Saat itu rasanya ia ingin sekali membangun sebuah dinding beton untuk memisahkannya dari rasa takut dalam dirinya. Tapi andai saja ia bisa, tetap tak akan merubah keadaan. Ia tetap terkurung di dalam sel, hidupnya pun tetap hanya sebatas dinding-dinding bata yang mengelilinginya.

Kenny telah memaksakan dirinya untuk mengalahkan rasa takut itu. Tapi justru ia malah merasakan ada seutas tali yang menjerat lehernya begitu erat. Ia telah dikalahkan oleh rasa takutnya sendiri. Sambil memejamkan mata, ia mencoba berdoa. Tapi sulit sekali rasanya melakukan hal itu, walau ia telah berusaha merangkai beratus-ratus kata dalam pikirannya untuk membuat permohonan pada Tuhan. Ia seakan sudah lupa bagaimana caranya berdoa.

Beberapa jam kemudian ia mendengar suara-suara aneh. Tapi suara-suara itu bukan berasal dari dalam kepalanya, melainkan dari dalam perutnya. Cacing-cacing dalam perutnya-lah yang membuat kegaduhan itu. Namun seiring dengan berjalannya waktu, entah bagaimana caranya, ia bisa menjinakkan kembali teriakan cacing-cacing dalam tubuhnya itu.

Tiba-tiba pintu sel terbuka dengan kasar. Jantung Kenny seakan melonjak kegirangan saat mendengar suara itu. Keajaiban telah datang. Dengan sangat percaya diri ia berdiri dan melenggang menuju pintu kebebasan. Tapi polisi yang berdiri di pintu menahan dadanya, dan justru mempersilahkan keluar seorang tahanan penghuni lama sel. Kenny sempat berontak saat pintu sel beranjak tertutup. Tapi ia didorong menjauh oleh polisi tadi, dan hanya sepersekian detik saja ia bisa mendengar pintu sel berdebam tertutup. Saat mendengar suara itu ia merasa hatinya hancur berantakan. Maka ia terduduk pasrah, lalu menunduk seakan sedang mencari-cari serpihan hatinya yang masih tersisa. Hati Kenny telah hancur, beserta harapannya untuk keluar dari kurungan itu.

Kenny merasa lelah. Ia lelah menanti, lelah berharap, lelah menghadapi kenyataan pahit hidupnya, bahkan mulai lelah berpikir. Tapi untungnya ia masih dipenuhi oleh segudang khayalan dalam kepalanya, karena hanya itulah satu-satunya hal yang dapat membawanya keluar dari sel. Dalam khayalannya, ia bisa berada dimana saja dalam sekejap dan dengan siapa saja yang ia ingini. Ia bisa berada di rumah sambil menonton televisi, bisa berada di kafe Crashdown bersama Anita, dan bahkan juga bisa membawa Etzhara ke dalam dekapannya saat itu. Kemampuan imajenasi Kenny yang luar biasa menjadikan semua hal itu terasa nyata.

Pintu sel kembali terbuka, tapi kali ini ia tak tertipu. Jantungnya tetap bereaksi datar, seakan tak mengingini lonjakan emosi yang semu. Ia mendengar namanya dipanggil-panggil, lalu merasa tubuhnya seperti terangkat dari lantai semen dan berjalan melayang melewati batas pintu sel. Dalam otaknya ada suatu pikiran yang mengatakan bahwa ia masih berada di alam khayalannya, sampai akhirnya debaman pintu sel membuatnya sadar. Cepat-cepat ia putar badannya, melihat ke belakang. Dirinya telah berada di luar kurungan. Namun, seakan masih ragu dengan apa yang dilihatnya, ia mencubit lengan kirinya sangat keras untuk benar-benar menyadarkannya. Dan keadaan tidak berubah. Aku sudah bebas, yakin Kenny. Baru saat itu ada semacam lonjakan haru di setiap detakan jantungnya. Kebebasan bukan merupakan sesuatu yang abstrak lagi baginya.

Masih ada sebuah tanda tanya besar dalam kepala Kenny, yang menanyakan akan dibawa kemana dirinya oleh polisi itu. Sempat terbayang dalam benaknya, ibunya sedang duduk menanti di suatu tempat di dalam kantor polisi. Dan memang benar. Saat melewati sebuah pintu kecil untuk masuk ke suatu ruangan, ia bisa melihat ibunya duduk di kursi panjang yang merapat ke dinding bersama pamannya. Ia segera teringat bahwa pamannya mempunyai latar belakang militer. Mungkin ia menggunakan kekuasaannya untuk mengeluarkanku, pikirnya.

"Kenny," sapa pamannya dengan nada tanpa emosi, "apakah kau baik-baik saja?"

Kenny menganggukkan kepala sambil menghindari kontak mata dengan pria itu. Pandangannya teralih pada sosok wanita yang duduk di samping pria itu. Sedikit demi sedikit, dari atas sampai bawah, ia amati penampilan ibunya. Ia coba mengingat-ingat kapan terakhir kali mengamati ibunya dengan sungguh-sungguh. Ia sudah lupa akan hal itu, tapi yang pasti ibunya sudah sangat berbeda dengan yang dilihatnya saat itu. Ibunya terlihat kurus sekali. Kulit wajah dan lehernya telah memucat. Rambutnya yang dulu berwarna hitam pekat, kini ada beberapa bagian yang berwarna abu-abu. Sesekali wanita itu terbatuk-batuk. Kenny tak tahu apakah itu hanyalah batuk-batuk biasa yang hanya lewat, atau memang sebenarnya ibunya sedang sakit.

Ibunya menyodorkan nasi bungkus kepadanya. "Ini, kau makan dulu. Kau belum makan sejak kemarin."

Tiba-tiba rasa lapar Kenny yang luar biasa kembali muncul begitu melihat bungkusan nasi dihadapannya. Ia sempat terheran-heran bagaimana dirinya bisa menahan lapar seperti itu selama beberapa jam. Tapi ia tak membiarkan keheranan itu mengotori perutnya yang kosong. Tanpa banyak berpikir lagi, Kenny mengambil alih bungkusan nasi itu dari tangan ibunya, lalu duduk di salah satu kursi yang ada. Ia menyantap hidangan yang ala kadarnya itu dengan membabi buta, layaknya binatang liar menemukan korban yang tak berdaya. Sesekali ia melihat ibunya sedang menyelesaikan berkas-berkas di salah satu meja yang ada dalam ruangan. Tapi tak sampai beberapa detik saja, ia sudah kembali lagi memfokuskan matanya pada korban di cengkramannya.

Berselang satu jam kemudian, Kenny sudah dalam perjalanannya menuju ke rumah bersama dua orang penyelamatnya. Dari dalam mobil, ia memandang keluar jendela untuk melihat perubahan di lingkungan tempat tinggalnya. Bisa terlihat olehnya pohon-pohon yang dulu tampak begitu langsing, kini sudah sangat besar dan menjulang tinggi. Ia hampir tak percaya waktu sudah berjalan sedemikian cepat dan tak menyadarinya. Lalu ia turunkan kaca mobil, memejamkan mata sambil menghirup udara sore itu dengan perasaan nikmat yang tak bisa dijelaskan dengan kata-kata.

Mobil berhenti, Kenny telah tiba di rumahnya. Ia berkhayal ada sebuah pesta penyambutan sudah menantinya di dalam sana. Dalam khayalannya bisa terlihat banyak orang sedang berbincang-bincang yang topik utamanya adalah dirinya. Tapi saat pintu utama rumah terbuka, semua orang dalam khayalannya seakan berhenti bercakap-cakap. Dan kesunyian itu membuatnya sadar bahwa tak ada pesta apapun menantinya. Kesunyian itu pulalah yang membuatnya merasa seperti akan memasuki ke sebuah arena persidangan.

Begitu berada di dalam, Kenny digiring oleh pamannya ke ruang keluarga. Kakaknya yang telah menanti di sana tampaknya sudah sangat lengket di kursinya, hingga tak mau menyambut kedatangan adiknya itu. Rasa gembira yang tadi Kenny rasakan karena terbebas dari kurungan, lenyap seketika. Kurasa di sinilah ruang persidanganku, pikir Kenny.

Ibunya dan kakaknya duduk di sofa bersebelahan, dan ia sendiri duduk di bangku lain yang terpisah, sementara pamannya duduk menjauh hampir di sudut ruangan seakan menjadi pengamat. Kenny bisa merasakan persidangan akan segera dimulai. Yang menjadi jaksa penyerang adalah kakaknya, dan ibunya berperan sebagai hakim utama yang bertugas membuat keputusan akhir, sedangkan pamannya hanya menjadi penonton sekaligus tim penilai.

Itulah saatnya bagi Kenny ketika kebohongannya harus terungkap. Selama ini ia selalu membenamkannya dalam-dalam hingga tak ada seorang pun yang bisa mencium bau busuk itu. Tapi saat itu ia masih berada dalam kebimbangan, antara mengatakan yang sebenarnya atau hanya diam seribu bahasa seperti yang ia lakukan selama ini. Ia tahu sesuatu yang buruk akan terjadi bila dirinya berkata jujur. Kejujurannya akan mengubah pandangan mereka tentang dirinya selama ini. Akankah mereka sanggup memahami mengapa semua ini kulakukan? pikir Kenny. Kurasa tidak. Mereka hanya ingin mengetahui yang sebenarnya, lalu menyalahkanku.

Kenny merasakan tangannya gemetaran, seiring dengan detakan jantungnya yang saling berpacu, saat sang jaksa melakukan serangan pembuka, "Sudah berapa lama kau memakai obat-obatan?"

Kenny segera menyadari bahwa mereka telah memberikan vonis terlebih dulu sebelum mendengarkan penjelasannya. Ia panik seketika itu juga. Kata-kata tak dapat keluar dari mulutnya karena tak tahu jawaban seperti apa yang mereka harapkan. Bahkan dalam otaknya pun tak melintas apa-apa.

Sang jaksa tak sabar lagi. Ia semakin geram, seakan ingin segera mencabik-cabik tubuh Kenny. "Sudah setahun, apa dua tahun? Atau mungkin lebih?"

Tiba-tiba melintas satu kata dalam otak Kenny, bohong. Mungkin itu satu-satunya hal yang bisa ia lakukan untuk membuat keadaan persidangan menjadi seimbang. Dengan tergagap-gagap ia menjawab, "Ti...tidak. Ak...aku ti...tidak memakai o...obat."

Seakan tak puas dengan jawaban yang didengar, sang jaksa menyerang lagi, "Lalu bagaimana mungkin kau bisa di penjara dengan tuduhan penyalahgunaan obat-obatan terlarang?"

Kenny tetap bersikeras untuk berbohong. Ia merangkai berjuta-juta kata dalam otaknya karena harus membuat kebohongannya itu sesempurna mungkin. "Em...mana aku tahu?" ia coba memutar balik pertanyaan untuk mengulur waktu sementara ia berpikir. Lalu ia melanjutkan, "Waktu itu aku sedang mengambil kaset di rumah Leo, dan tiba-tiba saja...itu terjadi." Kenny berusaha sekuat mungkin untuk meyakinkan sang hakim dan tim penilai. Dan ia segera melanjutkan sebelum sang jaksa memotong penjelasannya, "Bahkan aku sempat menanyakan pada polisi apa yang terjadi, tapi mereka tak memberikan penjelasan apapun saat itu."

Ruangan sidang semakin memanas. Sang jaksa semakin geram dan terus menghujani Kenny dengan pertanyaan-pertanyaan yang sifatnya memojokkan. Namun segencar apapun serangannya, Kenny selalu berhasil mengelak. Bahkan ia sempat memberikan perlawanan dengan berkata, "Kalau masih belum percaya juga, aku berani melakukan tes di rumah sakit untuk meyakinkanmu bahwa aku tidak memakai obat-obatan." Kenny sangat menyadari semua kebohongannya akan terbongkar bila tes itu benar-benar dilakukan. Namun untungnya ia telah berhasil memperdayai sang hakim.

Persidangan selesai begitu sang jaksa meninggalkan ruangan dengan setumpuk kekesalan yang melekat di wajahnya. Kenny mengamati sang hakim yang sedikit tersenyum lega padanya. Tim penilai, yang juga menjadi penonton persidangan, menepuk-nepuk bahunya seakan memberikan selamat karena telah berhasil memenangi persidangan. Ya, aku menang, pikir Kenny.

Tak bisa dipungkiri lagi bahwa Kenny memang semakin mahir dalam berbohong. Tapi hal itu tidak semata-mata ia lakukan untuk menyelamatkan dirinya saja, melainkan juga untuk menyelamatkan keutuhan keluarganya. Banyak orang berpikir bahwa suatu hubungan harus berlandaskan atas kejujuran. Tapi apakah benar demikian? Bagaimana jika kejujuran itu terasa pahit untuk dijalani selanjutnya? Apakah hubungan itu akan tetap berjalan? Mungkin bisa tetap berjalan, tapi yang pasti tidak akan berjalan dengan baik. Suatu hubungan yang berawal dari kebohongan tidak akan bertahan lama. Tapi suatu hubungan yang berjalan di dalam kebohongan akan bertahan lebih lama lagi. Itu yang Kenny percayai.

Bab 18

Januari 2000

Kadang cara terbaik untuk pergi ke suatu tempat yang baru adalah mengawalinya dengan satu langkah kecil, dan kemudian melihat sekeliling berharap tidak ada hal buruk yang mungkin akan terjadi. Itu adalah cara yang paling sederhana untuk mengatasi hal-hal yang rumit sekali pun.

Kenny telah memutuskan untuk keluar dari dunia gelapnya, dan di awal tahun itu ia sedang menjalani masa-masa penyembuhannya. Ia sadar dirinya tak mungkin sembuh total begitu saja dalam sekejap. Untuk terbebas dari jeratan dunia gelapnya itu, ia harus menempuh banyak tahapan dengan godaan-godaan yang menggiurkan di dalamnya. Saat itu tahap awal penyembuhannya sudah terlalui, yaitu mengurangi frekuensi pertemuannya dengan Leo.

Di tahap kedua, Kenny mulai mati-matian mengatasi rasa ketergantungannya pada obat-obatan. Sudah banyak hal yang ia lakukan untuk mengalihkan dirinya dari hal itu. Ia membaca banyak buku, berolah-raga, dan hal-hal lainnya dari yang ia sukai hingga yang tidak ia sukai, seperti berdoa atau hal lain yang sifatnya kerohanian. Tapi semua itu tak berbuah hasil. Meskipun demikian, ia tetap mencoba meyakinkan pada dirinya sendiri bahwa ia mampu bertahan hidup dengan keadaannya yang seperti itu, dan ia yakinkan juga untuk bersikap keras bilamana keinginannya untuk mengkonsumsi obat-obatan itu muncul lagi.

16 Maret 2000

Kenny berbaring meringkuk di atas ranjang. Sesekali tubuhnya miring ke kiri lalu ke kanan, berulang-ulang kali. Tangannya pun gemetaran setiap beberapa detik. Ia sama sekali tidak nyaman dengan keadaannya saat itu. Tapi yang lebih tidak nyaman adalah yang ia rasakan di dalam tubuhnya. Sekujur tubuhnya menggigil, sementara keringatnya bercucuran hingga seakan membuat suatu genangan air di seprei tempat tidurnya. Matanya berkunang-kunang, bersamaan dengan pening di kepalanya dan mual-mual di dalam perutnya.

Sudah dua bulan lebih Kenny tidak mengkonsumsi obat-obatan terlarang lagi. Dan selama itu pula, hampir setiap enam jam sekali, ia masih harus merasakan ketagihan akan hal itu. Ia tak mengerti mengapa perasaan itu masih belum juga memudar dari dirinya. Ia merasa sel-sel darahnya telah tercampur begitu sempurna dengan racun-racun yang ia konsumsi dulu, dan sepertinya akan terus melekat selamanya di dalam tubuhnya.

Saat itu Kenny merasa seakan-akan dirinya sedang berada di ambang pintu kematian. Ia sangat menyesal karena dirinya sendirilah yang telah mendatangkan kematian itu pada awalnya. Ingin sekali rasanya ia segera keluar dari mimpi buruk yang sedang dijalaninya itu. Tapi apalah dayanya? Ia terperangkap dalam mimpi yang menakutkan itu seorang diri. Tidaklah mungkin baginya untuk meminta pertolongan orang lain, mengingat begitu banyaknya kebohongan yang telah ia bangun sebegitu sempurna di belakang sana.

Kenny sendirian menghadapi mimpi buruknya itu, dan tak pernah ia bayangkan sebelumnya rasa sepi yang sedemikian hebatnya. Kebohongan dan kepalsuan dalam hidupnya mungkin adalah satu-satunya hal yang masih membuatnya tetap bernafas.

Sesekali ia berpikir kematian mungkin merupakan jalan keluar yang terbaik untuk menghentikan mimpi buruknya itu. Tapi kemudian ia teringat Etzhara. Ia ingat kembali perasaan cintanya yang teramat dalam pada gadis itu. Aku harus bisa! tegasnya. Aku harus bisa melalui ini untuk bersamanya nanti.

Dulu, Kenny selalu merasa bahwa suatu hari nanti dirinya akan dihadapkan pada suatu hal yang amat sulit. Dan kini, ia merasa hari itu telah datang. Ia hanya berharap dapat menemukan cara yang paling tepat untuk menghadapi mimpi buruknya itu tanpa harus mengorbankan orang lain.

29 April 2000 – NEW YORK

Etzhara mulai kehilangan gairah dalam menjalani aktivitas kesehariannya yang membosankan. Karena itulah hari itu ia hanya berdiam diri saja di dalam apartemennya. Ia telah memutuskan hubungan dengan dunia luar semenjak pengalaman pahitnya di tahun kemarin. Ia takut bilamana dirinya harus dihadapkan pada situasi serupa, atau mungkin situasi lain yang tak kalah pahitnya.

Sepanjang siang, ia menghabiskan banyak waktunya untuk berpikir. Ia memikirkan kerterasingannya di kota New York yang masih belum berujung. Ia memikirkan pandangan orang-orang di sekitarnya. Ia juga memikirkan bagaimana caranya agar gairah hidupnya dapat kembali lagi. Bagi Etzhara, berpikir sepertinya sudah menjadi makanan sehari-harinya dalam menemani kesendiriannya.

Sekali waktu ia berpikir kembali ke masa kecilnya. Sangat menyebalkan rasanya saat dirinya memikirkan hal itu. Dulu, satu hari terasa sangat berharga sekali baginya hingga ia tak ingin satu hari pun berakhir. Tapi kini, ratusan hari yang telah terlewati terasa tak berharga sama sekali. Hari-hari itu terlewati dengan puluhan juta rasa sakit, penyesalan yang abadi, dan kebosanan yang mematikan. Tak berharga sama sekali.

Semasa kecil, Etzhara hidup di dunia yang penuh dengan keajaiban. Dulu keajaiban selalu terjadi setiap hari dalam hidupnya, entah dengan hal-hal baru yang ia lihat, hal-hal baru yang ia rasakan, atau hal-hal baru yang ia dapat. Hidupnya dulu terasa seperti di dalam dongeng yang selalu berakhir dengan keceriaan. Namun kini, seiring dengan perubahan dunia di sekelilingnya dan rasa sakit yang tak mungkin terhindari, hidupnya tak akan mungkin bisa kembali lagi seperti di dalam dongeng. Yang ia bisa hanya berandai-andai saja dapat kembali lagi ke masa kecilnya.

Kehidupan di kota New York memang telah mengambil alih semua keceriannya, namun satu-satunya hal yang masih bisa membuatnya berdiri tegak adalah perasaan cintanya pada Kenny. Maka siang itu pulalah angan-angannya mengembara ke kota Jakarta untuk bertemu belahan jiwanya itu. Ia mengingat kembali hari-hari istimewa penuh kebahagiaan yang ia lewati dengan pria itu. Hari-hari itu terasa abadi dalam pikirannya. Ia selalu ingat saat tatapan pertamanya terjadi, senyuman pertamanya, getaran cinta pertamanya, ciuman pertamanya, hingga kini yang tersisa hanyalah segumpal kerinduan yang tak tertahankan lagi. Hanya memikirkan hal itu saja sudah bisa membuatnya terpuruk dalam kesepian yang luar biasa, apalagi harus ditambah lagi dengan mulutnya yang hanya bisa tertutup rapat karena tak bisa membicarakan hal itu pada siapa pun. Pikiran-pikiran itulah yang telah meruntuhkan hatinya. Di satu pihak, cintanya pada Kenny-lah yang membuatnya setegar baja dalam menghadapi kepahitan hidupnya saat itu. Namun di lain pihak, hal itulah yang kerap kali seakan menyedot habis udara di sekelilingnya.

Bab 19

1 Juni 2000

Di awal bulan itu kepahitan hidup kembali menghantui Kenny. Ibunya, yang sudah selama sepekan terakhir dirawat inap di rumah sakit, akhirnya harus menghembuskan nafas terakhirnya di sana. Hal itu sangat menyakiti Kenny begitu dalam, dan sepertinya tak seorang pun bisa memahami rasa sakit yang ia rasakan. Ia bahkan tak habis pikir bagaimana mungkin ibunya bisa pergi mendahuluinya, mengingat dirinya sendirilah yang saat itu sedang berada di ambang pintu kematian. Ia merasa sang malaikat maut menjemput orang yang salah.

Siang itu, di bawah sapaan rintik-rintik air hujan, ia berdiri menunduk menatap nisan makam ibunya. Tuhan mengambil orang yang salah, batinnya bicara. Ia melirik ke makam di sebelahnya, dimana ayahnya telah terbaring di dalam sana selama setahun lebih. Batinnya pun mulai mengeluh, Mengapa mereka harus pergi secepat ini? Lalu satu per satu para pelayat mulai melangkah meninggalkan lingkungan pemakaman. Ada beberapa di antara mereka yang sempat menaburkan bunga ke atas makam terlebih dahulu sebelum memberikan rasa bela sungkawanya pada Kenny dan kakaknya.

Pikiran Kenny mulai melayang, memikirkan betapa banyaknya orang yang datang masuk ke dalam hidupnya dan pergi pada akhirnya. Ia mulai menyadari bahwa itu adalah bagian dari hidup. Tapi satu hal yang kerap kali mengganggunya adalah bagaimana caranya merelakan mereka semua pergi; bagaimana caranya untuk melepaskan orang-orang yang dicintainya itu pergi dan tetap mengatakan bahwa dirinya akan baik-baik saja.

Kenny mendongakkan kepalanya, lalu menunduk menatap nisan makam ibunya sambil berusaha merangkai kata-kata yang tepat untuk mengucapkan perpisahan. Tapi ia tak bisa menemukan satu kata pun. Kini hidup mengajarinya satu hal yang baru, bahwa betapa sulitnya mengucapkan kata-kata perpisahan pada orang-orang yang dicintai, walau hanya sekedar dua kata 'selamat tinggal' sekalipun.

Setengah jam berikutnya ia masih berdiri di tempat yang sama, tak beranjak sedikit pun. Ia berdiri seorang diri tanpa menyadari kesunyian di sekelilingnya. Tiba-tiba rintik-rintik air hujan mulai melebat, dimana ia bisa merasakan setiap tetesnya menembus ke dalam baju hingga seakan melukai kulitnya dengan sentuhan dingin yang mematikan. Saat itu bukan hanya hatinya sajalah yang sedang menangis, melainkan juga jiwanya yang turut meneteskan air mata.

Kenny membuang ingatannya jauh-jauh ke dua tahun di belakang. Tak bisa ia pungkiri lagi bahwa semua itu benar-benar terjadi, bukan hanya sekedar mimpi buruk semata. Dan kini ia harus melanjutkan setiap hari dalam hidupnya dengan kenyataan itu. Ia merasakan ada segunung rasa bersalah yang seakan sedang membebani pundaknya saat itu. Ia merasa dirinya tidak melakukan sesuatu yang berarti selama ini. Ia berharap dua tahun itu bisa hilang begitu saja dari ingatannya, atau setidaknya ia bisa melanjutkan hidupnya dengan rasa bersalah itu. Namun andai saja ia bisa, tetap saja tak mungkin baginya untuk memulai dari awal lagi dan berpura-pura seakan semua peristiwa-peristiwa pahit itu tidak benar-benar terjadi.

Dihadapan makam kedua orang tuanya Kenny berlutut, memohon pada Tuhan agar dirinya diberikan kesempatan lagi untuk hidup di dunia ini dengan layak. Saat itu pula tiba-tiba hujan berhenti, dan langit pun cerah seketika. Tak lama sinar matahari menerpa pundaknya, hingga ia seakan bisa merasakan kehangatan sentuhan tangan Tuhan masuk ke dalam jiwanya. Lalu ia menarik nafas panjang sambil menghirup udara segar dalam-dalam melalui celah-celah hidungnya, dan berteriak dalam hati seakan-akan membuat janji pada dirinya, Aku akan melanjutkan hidupku sebaik mungkin! Ia pandangi kedua nisan orang tuanya. Maafkan aku ibu. Maafkan aku ayah. Air mata pun tak tertahankan lagi, dan mulai membanjiri wajahnya.

Semua yang telah hilang tidak akan bisa kembali lagi. Sudah begitu banyak rasa sesal dan rasa sakit yang tercecer di sepanjang dua tahun terakhir hidup Kenny, dan ia merasa goresan-goresan luka itu akan tetap membekas di hatinya sampai ia mati nanti. Sekarang yang bisa ia lakukan hanyalah berusaha berdamai dengan masa lalunya dan mencoba belajar dari kesalahan-kesalahannya terdahulu.

25 Oktober 2000

Kenny merasa telah menemukan kembali dirinya yang pernah hilang. Semua kehidupannya mulai tertata rapi, atau setidaknya sudah berjalan di jalur yang benar. Ia sudah kembali aktif kuliah, hubungannya dengan kakaknya mulai beranjak membaik, dan bahkan ia juga sudah mendapatkan pekerjaan paruh waktu di sebuah kafe. Namun dari semua itu, yang paling penting baginya adalah mengetahui bahwa dirinya sudah benar-benar terbebas dari jeratan obat-obatan terlarang.

Kenny sudah tidak hidup lagi di dalam kegelapan. Meskipun demikian, ia menyadari dirinya tak mempunyai kuasa sama sekali untuk melihat jauh ke depan. Ia tak tahu pelajaran apa lagi yang akan didapat dari hidup. Ia tak bisa menebak akan menjadi seperti apa dirinya nanti di hari-hari mendatang. Dan tak menutup kemungkinan pula dirinya bisa terjatuh lagi di suatu tempat. Tapi bagi Kenny, mungkin itulah arti hidup yang sebenarnya. Hidup bukanlah semata-mata untuk mencari sebuah jawaban yang pasti, melainkan untuk tetap bertanya dan berusaha merangkai semua pertanyaan yang ada agar bisa memahami setiap kejadian.

Sore itu ia duduk di atas sepotong kayu besar yang sudah lapuk, di hamparan tepi pantai yang kosong. Sejak dulu ia sangat senang menikmati pemandangan ombak yang menggulung kemudian berubah menjadi riak sebelum menabrak tepi pantai. Ia selalu menyukai pemandangan senja hari di pantai.

Saat kepalanya mengadah ke atas, ia melihat sekawanan burung camar seperti sedang berdansa di atasnya. Tak lama kemudian tampak seekor di antara kawanan itu terbang dengan susah payah. Sekalipun burung itu mengepakkan sayapnya kuat-kuat, tampaknya dia tetap tak mampu mengikuti gerak kawan-kawannya yang lain. Tiba-tiba burung itu jatuh terjerembab dengan paruhnya terlebih dulu menghujam pasir pantai. Gerakannya aneh ketika dia berusaha berdiri, dan ketika akhirnya berhasil berdiri dia berjalan terseok-seok di atas kakinya yang berselaput. Lalu, hanya memerlukan beberapa menit saja, burung itu sudah kembali mengepakkan sayapnya dan segera memekik ke atas ke arah kawan-kawannya yang sudah meninggalkannya. Sempat burung itu melihat ke arah Kenny dan seakan-akan berseru padanya, "Aku bisa!"

Kenny merasa sikap burung yang terjatuh tadi seperti mencerminkan kehidupan yang ia jalani selama dua tahun kemarin. Dulu, tak ada yang lebih penting baginya selain keinginan untuk berlari dari kenyataan dan terus berlari. Namun seiring dengan berjalannya waktu dan banyaknya peristiwa pahit yang terjadi, membuatnya semakin matang dalam menentukan sikap dan semakin menyadari bahwa semakin jauh ia berlari dari kenyataan semakin banyak pula hal-hal yang tidak menyenangkan berjalan menyertainya. Hari itu Kenny mendapatkan satu pelajaran lagi dari hidup, bahwa tidak semua hal yang ia ingini bisa didapat.

Dari kejauhan, pekikkan burung camar membuyarkan lamunannya. Kenny mengusap air mata yang mulai mengalir di pipinya. Ia menangisi kedua orang tuanya yang telah pergi untuk selamanya. Ia menangisi perlakuannya yang tak semestinya pada mereka. Ia menangisi semua kebohongannya yang tak sempat terungkap. Ia pun menangisi dirinya sendiri, menangisi perasaan malu akan hidupnya yang lalu. Tangisnya semakin menjadi-jadi, sampai-sampai tubuhnya gemetar sedemikian hebat. Ia tak mampu lagi menghentikan derasnya air mata.

Saat berdiri, ketika matahari mulai tenggelam di batas cakrawala, ia pandangi lautan yang berwarna biru berkilauan. Ia merasa jiwanya ringan, bebannya seakan telah lenyap. Ia pun bisa merasakan kehangatan di dalam jiwanya. Kini saatnya untuk melanjutkan hidup, tegas Kenny.

Bab 20

2 Desember 2000 — NEW YORK

Malam itu kutukan datang menemui Etzhara, tapi kali ini dalam bentuk yang berbeda. Itu bukanlah kutukan hidupnya di kota New York, atau rasa bersalah yang sesekali masih terasa sakit di hatinya. Itu juga bukan kutukan cinta yang telah memisahkan dirinya dengan Kenny. Itu kutukan yang lain.

Lewat tengah malam, Etzhara telah menemukan dirinya sulit sekali untuk bernafas. Ia merasa seakan-akan seluruh ruangan kamarnya terbakar begitu hebat. Tubuhnya seakan diselimuti oleh lautan asap hitam tebal yang membuat keberadaan udara menjadi sangat langka. Namun keadaan itu sudah tak asing lagi baginya, karena ia tahu penyakit sesak di dadanya telah kembali muncul. Tapi ia tak tahu apa penyebabnya.

Etzhara telah belajar dari pengalaman-pengalaman sebelumnya bahwa ia tak boleh memikirkan sesuatu, apapun bentuknya hal itu, dalam kondisi seperti itu. Ia tahu kepalanya akan terasa pening jika ia memaksakan dirinya berpikir untuk mengalihkan rasa sakit di dadanya. Maka ia tak akan membiarkan pening itu muncul.

Ia duduk di depan meja rias, membuka laci dan mencari obat tidur sesegera mungkin. Setelah menemukan, ia langsung menegak pil obat itu hanya dengan bantuan air liurnya saja. Tak lama kemudian ia memutuskan untuk berbaring di atas ranjang tempat tidurnya yang dilapisi dengan sprei berukuran besar. Aku harus segera tidur, tegasnya.

Ia telah berbaring sambil menatap langit-langit kamar dengan tatapan kosong. Beberapa kali ia memejamkan matanya erat-erat, menahan rasa sakit penuh sesak di dadanya yang tak kunjung juga mereda. Lima belas menit kemudian, akhirnya efek obat tidur telah bereaksi, dan ia mulai tak sadarkan diri.

5 Januari 2001

Kenny berdiri di taman, di tengah-tengah keharuman bunga-bunga mawar yang sedang mekar. Ia memejamkan matanya sejenak, sambil menghirup udara segar di sekelilingnya. Lalu perlahan-lahan matanya kembali terbuka. Tak jauh dari tempatnya berdiri, ada sesosok gadis bergaun putih sedang melambai-lambaikan tangan padanya. Kenny mengambil beberapa langkah mendekati gadis itu sambil menegaskan matanya. Semakin dekat ia melangkah, wajah itu semakin terlihat jelas. Gadis itu adalah Etzhara. Begitu menyadari apa yang dilihatnya, segeralah Kenny berlari menghampirinya tanpa menghiraukan tanah bebatuan yang dipijak. Akibatnya, ia tersandung sebuah batu besar yang tak sempat terlihat, dan jatuh tersungkur.

Matanya terbuka, seiring dengan rasa dingin di sekujur tubuhnya. Dan ia segera menyadari bahwa dirinya sedang terbaring di lantai kamar. Itu hanya mimpi, keluhnya. Ia bangkit berdiri, lalu duduk di tepian ranjang sambil merenung. Ia memikirkan Etzhara.

Entah berapa lamanya Etzhara sudah berhenti memberikan kabar padanya, padahal gadis itu sendirilah yang pernah membuat janji akan hal itu. Namun Kenny masih tetap setia menanti teleponnya. Setiap hari ia mendengar telepon rumahnya berdering, ia berdoa agar di balik deringan itu akan terdengar suara yang dapat melepaskan rindunya. Sayangnya penantiannya selama ini selalu sia-sia; setiap deringan telepon yang didengar terasa bagaikan sayatan pisau yang menyakitkan. Hal itu membuatnya mulai ragu akan kesetiaan gadis itu. Bahkan kerap kali ia pun menyerah berharap dan mulai berpasrah hati seakan telah merelakan gadis itu pergi untuk selamanya. Ia berusaha untuk melenyapkan sifat pesimis dalam dirinya itu. Tapi kenyataan memaksanya melakukan hal tersebut, apalagi mengingat gadis itu sudah pergi selama tiga tahun lebih.

Kenny ingat betul Etzhara pernah mengatakan padanya hanya akan pergi selama tiga tahun saja. Dan ia selalu ingat pula janji gadis itu yang pasti akan kembali lagi. Tapi Kenny sudah mulai lelah terus menunggu tanpa adanya kepastian. Oh...Zha, harus sampai kapan aku menunggumu? keluhnya.

Tiba-tiba saja ia merasakan kembali perasaan cintanya pada Etzhara yang begitu kuat. Walau terasa sakit saat merasakan hal itu, ia tetap berusaha meyakinkan dirinya sendiri, Dia pasti akan kembali, dan aku harus tetap menunggunya. Kata-kata itulah yang selalu ia gunakan untuk membuatnya tetap kuat dalam menjalani hari-harinya. Tapi kata-kata itu pulalah yang kerap kali membuatnya begitu lemah, seakan tak berdaya. Kenny mulai merasa takdir seakan mempunyai cara tersendiri yang mengatakan bahwa Etzhara bukanlah jodohnya.

Bab 21

7 Febuari 2001 – NEW YORK
Waktu tak hanya berdiam diri di tempat. Waktu terus berjalan dari bulan ke bulan, dari tahun ke tahun. Dan waktu pulalah yang membawa Etzhara sampai di penghujung perkuliahannya. Baginya, hal itu hanya mengartikan satu hal saja; Kenny.

Setelah dirinya dinyatakan lulus, ia sudah tak sabar lagi untuk memberikan kabar baik itu pada Kenny. Dengan panik, ia mengaduk-aduk isi tasnya untuk mencari keberadaan telepon genggamnya. Kenny, aku akan datang, girangnya dalam hati.

......(Suara nada sambung)

"Hallo?"

"Siang...eh malam, bisa bicara dengan Kenny?"

"Tunggu sebentar."

Tak lama muncul suara yang tak asing lagi di telinga Etzhara, "Hallo?"

"Kenny?"

Kenny meyakinkan suara itu. "Etzha?"

"Ken, aku sudah lulus," teriak gadis itu.

"Sudah lulus?" Secercah harapan muncul di benak Kenny.

"Aku akan datang, Ken. Aku akan kembali ke Jakarta. Siang ini juga aku berangkat."

Kata-kata itu terdengar bagaikan alunan musik nan merdu di telinga Kenny. Ia yakin perjuangannya selama ini telah berakhir. Semua perjuangan yang ia tempuh siang-malam, setiap hari selama tiga tahun, telah terbayarkan, walau masih semu. "Aku akan menantimu di sini. Jangan lupa kabarkan aku bila kau telah sampai."

10 Febuari 2001

Siang itu, Kenny berdiri dalam lindungan bayang-bayang pepohonan, memperhatikan rumah Etzhara. Dari luar, rumah itu tampak sepi seperti tak berpenghuni. Tapi ia yakin Etzhara telah berada di dalam rumah itu, sedang duduk bersantai menantinya.

Sesekali sapaan angin hangat berhembus dan membuat bunyi gesekan di antara dedaunan pohon-pohon yang rimbun di tepian jalan yang luas itu, lalu merontokkan beberapa helainya ke atas rambut Kenny dan memaksa beberapa ekor burung liar terbang menjauhi pohon-pohon itu. Ada kenangan yang sangat indah saat dirinya memandangi rumah yang telah tiga tahun tidak ia kunjungi itu; semua kenangan indah tentang Etzhara.

Perlahan-lahan Kenny melangkahkan kakinya mendekati rumah itu. Setiap langkahnya seakan mengeluarkan bunyi-bunyi yang merdu seperti sebuah lagu selamat datang. Ia menekan bel pintu rumah, dan tak lama mendengar langkah-langkah kaki yang cepat mendekati pintu gerbang yang terbuat dari kayu itu.

Pintu gerbang terbuka, membuatnya terpana melihat sesosok gadis yang tak asing lagi di matanya. Etzhara tak berubah sedikit pun. Ia masih terlihat cantik, walau tanpa ada riasan make-up yang memoles wajahnya. Senyumannya masih terlihat manis. Bola matanya masih bersinar terang. Rambut hitamnya pun masih panjang terurai. Mungkin semua itulah yang membuat Kenny jatuh cinta pada Etzhara saat pandangan pertamanya. Tanpa pikir panjang lagi, ia langsung memeluk gadis itu dengan begitu erat untuk melepaskan semua kerinduannya.

Etzhara merasakan kerinduan penuh cinta dari pelukan itu. Pelukan seorang pria yang mendambakan kasih sayangnya. Dengan sangat lembut ia melepaskan pelukan pria itu, dan berkata, "Ken, aku sangat merindukanmu."

Kau tak tahu apa yang kurasakan, balas Kenny dalam hati. Ia tersenyum lepas, dan menahan air mata bahagia yang ingin mendobrak keluar. Saat itulah pertama kalinya Kenny benar-benar bisa tersenyum lebar dalam tiga tahun terakhir hidupnya. Rasanya menyenangkan. Kenny memejamkan matanya erat-erat dan mensyukuri keajaiban yang telah membawa kembali belahan jiwanya itu.

Bukankah cinta itu indah? Tapi cinta pernah berlaku kasar terhadapnya, berlaku kejam, dan hampir saja menghancurkan hatinya seperti balon tipis yang hendak tersentuh ujung jarum. Memang perahu cinta Kenny telah menabrak karang dan tenggelam. Tapi ada tangan malaikat yang menyentuhnya. Adalah tangan Etzhara yang meraihnya dan menariknya kembali ke atas permukaan air. Gadis itu adalah penyelamatnya, dan juga nafas hidupnya.

Mereka berbincang-bicang dengan serunya di teras rumah, saling bertukar pengalaman satu sama lain. Namun kerap kali Kenny hanya bisa terdiam, mendengarkan Etzhara yang bercerita dengan menggebu-gebu. Beberapa kali ia mengamati gadis itu dengan seksama, dan muncullah pertanyaan dalam benaknya, Mengapa dia tak berubah sama sekali? Kenny tak mengerti mengapa tak ada perubahan sedikit pun dari Etzhara, padahal pergaulan di New York sangat jauh berbeda sekali dengan di Jakarta.

Kenny seharusnya merasa bersyukur karena gadis yang dicintainya itu masih sosok gadis yang sama seperti yang ia kenal dulu. Tapi bukannya bersyukur, ia jusrtu mempermasalahkan hal itu mengingat banyaknya perubahan yang telah terjadi pada dirinya selama Etzhara pergi. Ia merasa seakan-akan dirinya-lah yang telah pergi ke suatu tempat yang sangat jauh, dan kembali lagi. Semua orang tidak berubah, hanya dirinya saja yang berubah.

Satu jam telah berlalu, tapi Etzhara masih belum berhenti memaparkan pengalamannya di New York, sampai akhirnya ia mulai melontarkan pertanyaan-pertanyaan pada Kenny, "Lalu bagaimana denganmu? Apa saja yang kau lakukan selama ini?"

Kenny sangat menginginkan Etzhara mengetahui apa saja yang telah ia lalui selama ini, tapi ia tak tahu darimana harus memulai menjelaskannya. Saat itu ia ingin sekali berbohong dengan mengatakan tak ada banyak hal yang terjadi dalam hidupnya selama tiga tahun terakhir. Tapi, berbohong yang dulu sempat menjadi keahliannya, justru kini telah lenyap tertimbun perasaan cintanya pada gadis itu. Dan akhirnya Kenny menceritakan semuanya, mulai dari kematian kedua orang tuanya hingga dunia gelap yang sempat ia telusuri.

Mendengar pengakuan itu, Etzhara sangat luar biasa terkejut karena ia tak bisa membayangkan bagaimana Kenny dapat melalui masa-masa suram itu tanpa kehadirannya. Ia pun jadi teringat kembali akan masa-masa suramnya di NewYork, dimana di masa itu ia adalah seorang pembunuh bayi yang keji. Ada suatu rasa bersalah saat dirinya memikirkan hal itu. Bukan hanya karena rasa berdosa telah membinasakan seorang manusia dalam dirinya, tapi juga karena ia tak bisa menceritakan aibnya itu pada Kenny. Ia ingin sekali menceritakan hal yang satu itu pada Kenny. Tapi ia tak mau merusak momentum bersejarah yang sedang dirasakannya hari itu, dimana dirinya bisa kembali lagi ke dalam pelukan pria yang dicintainya dan merasakan perasaan cintanya lagi dengan nyata. Tidak sekarang, tegas Etzhara. Akan kuceritakan suatu hari nanti. Lalu ia mulai meneteskan air mata, merasa sedih sekaligus bersalah karena kepergiannya ke New York telah menghancurkan hidupnya dan juga hidup pria yang sangat dicintainya itu. Pergi ke New York memang merupakan suatu kesalahan.

Bab 22

6 Juli 2001

Gemerlap bintang-bintang yang menghiasi indahnya malam mengisyaratkan hujan tidak akan turun malam itu. Sapaan angin-angin malam seakan menyuruh Kenny untuk keluar rumah dan mengikuti hembusan mereka ke tempat-tempat yang tidak ia kenal. Senyuman bulan hanya terdiam di atas kepalanya, menyinari tiap-tiap gang yang ia lalui bersama dengan kicauan burung-burung hantu dan lolongan anjing-anjing malam yang menemani dunia yang sedang tidur terlelap.

Sampailah Kenny di sebuah persimpangan jalan, dimana dirinya melihat sebuah patung malaikat berjubah tanpa kepala dengan sebilah besi bermatakan sabit tergenggam erat di tangan kanannya. Kenny mendekati patung yang tak pernah ia lihat itu dengan langkah berat. Tanpa disadarinya dirinya telah berdiri beberapa meter dari patung itu. Mengapa aku tak pernah melihat patung ini sebelumnya? hati kecilnya mulai bertanya-tanya. Sejauh manakah aku telah berjalan sampai aku tak mengenali lagi tempat ini? Ia mengamati keadaan di sekelilingnya. Dimanakah aku?

Ia melangkah semakin dekat lagi hingga terlihat tulisan-tulisan kecil di bawah patung itu. MEREKA YANG DATANG PADAKU, AKAN HILANG BERSAMAKU. Hmmph...apa maksud dari kata-kata ini? pikir Kenny seraya meraba dengan seksama ke permukaan patung.

Patung itu terbuat dari semen yang berdiri kokoh setinggi 2 meter, dimana bongkahan-bongkahan batu bata adalah pondasinya. Tulisan yang terukir rapi di batu bata mulai tertutupi oleh lumut seakan-akan sudah tidak ada yang mengurusnya. Aktivitas tangan-tangan jahil terlihat jelas mengotori sebagian besar permukaan patung, dan merusak beberapa bagian jari serta memenggal kepala patung yang tergeletak beberapa meter dari tempat Kenny berdiri.

Kenny mengamati kembali keadaan di sekelilingnya, dan masih terdengar jelas suara-suara batinnya yang menanyakan tentang keberadaanya saat itu. Saat ia menjauhkan matanya ke suatu tempat, terlihat sesuatu terbaring di atas rumput-rumput liar yang berada jauh di depan. Hal itu mengundang berjuta-juta pertanyaan baru dalam pikiran Kenny. Malam pun telah berubah menjadi aneh.

Ia melangkahkan kakinya dengan ragu mendekati sesuatu yang tak jelas itu, sambil mencoba menghilangkan pikiran-pikiran yang mulai menakutinya. Semakin dekat kakinya melangkah, ia bisa melihat besi-besi tua terpancang di atas tanah yang mungkin dulu adalah sebuah ayunan. Dan semakin dekat lagi, mulai terlihat tanaman-tanaman layu seperti tak pernah disirami air ataupun terkena sinar matahari. Ia mulai berpikir tempat yang akan dituju adalah sebuah taman. Namun langkahnya menjadi berat ketika ia melihat yang terbaring di atas rerumputan itu adalah sebuah patung; patung yang sama dengan yang ia lihat sebelumnya.

Saraf-saraf dalam tubuhnya mulai menegang dan matanya terdiam kaku terfokus pada patung itu, sementara jantungnya berdetak begitu keras. Rasa takutnya seakan menjadi sangat nyata ketika tubuhnya sudah tak merasa lagi dinginnya malam. Bahkan banyaknya angin yang masih menyapa tanaman-tanaman layu di dekatnya justru membuatnya semakin sulit untuk bernafas. Suasana yang mencekam itu telah benar-benar membakar darah yang mengalir dalam tubuhnya.

Tiba-tiba terdengar sayatan besi yang menggesek tanah jauh di belakangnya, "Srek...srek...srek..." Ia mencoba menghiraukan suara itu. Namun suara itu semakin mendekat, dan seakan-akan sudah berada tepat di belakangnya. Nafasnya pun mulai tersendat-sendat.

Suara itu telah berhenti. Namun keheningan itu tak membuatnya merasa lebih baik. Seluruh pikirannya seakan telah teracuni oleh rasa takut yang begitu hebat. Ia beranikan dirinya menoleh ke belakang, sambil berharap itu semua hanyalah imajenasinya. Tepat ketika matanya melihat ke belakang, patung malaikat tanpa kepala telah mengangkat tangannya dan bersiap-siap mengayunkan besi panjang bermata sabit yang ada di genggamannya itu ke arahnya.

Dan ia tersentak bangun dari tidurnya. Mengapa mimpi itu lagi? gerutu Kenny. Sudah tiga hari mimpi itu menghantuinya. Sangat aneh. Ia tak mengerti mengapa dirinya harus bertemu dengan monster yang sama setiap malam selama tiga hari terakhir. Apa yang hendak mereka katakan padaku?

Ia bangkit dan duduk di tepian ranjang, lalu segera meraih gagang telepon yang tergeletak di atas meja belajar di sampingnya. Ia menelpon Anita. Semenjak Anita dikirim kerja ke Singapore, hubungan Kenny dengannya hanya dapat dipersatukan dengan telepon. Kendati demikian, hal itu tidak merenggangkan tali persahabatan mereka. Setiap sebulan sekali salah satu dari mereka menelpon untuk memberikan kabar terakhir. Namun dua malam terakhir Kenny-lah yang selalu menelpon.

"Hei Ken," terdengar suara khas Anita yang masih setengah sadar dari dalam gagang telepon, "ada apa?"

"Maaf kuganggu lagi tidurmu, Ta."

"Sudahlah," Anita menguap, "ada apa?"

"Ada hal yang ingin kuceritakan."

"Mimpi itu lagi ya?" tanya Anita dengan sangat yakin.

"Yah...semacam itulah."

"Jadi sampai dimana mimpimu sekarang?"

"Justru itulah yang jadi masalah, Ta. Mimpiku masih sama seperti kemarin. Aku masih melewati jalanan yang sama. Aku masih melihat monster yang sama. Belum ada yang berubah."

Anita menguap sekali lagi. "Jadi belum ada perkembangan?"

"Belum, hanya menjadi lebih aneh."

"Mungkin itu hanyalah mimpi buruk biasa, Ken. Tak perlu kau pikirkan terlalu serius."

"Mimpi buruk biasa?" tanya Kenny ketus. "Andai saja kau bisa merasakannya."

"Kau benar, aku tak bisa merasakannya." Anita terdiam sejenak, lalu berkata, "Lalu apa yang bisa kubantu?"

"Aku tak tahu."

"Maksudmu?"

"Yah....aku tak tahu bantuan apa yang bisa kau berikan. Maksudku...sesering apapun kubercerita padamu, tetap saja pada akhirnya besok malam aku pasti akan memimpikan hal itu lagi. Dan hal itu benar-benar membuatku kesal!"

"Oh...Ken, andai saja aku bisa merasakannya."

"Sudahlah Ta, ini bukan salahmu."

"Aku tahu. Tapi saat ini rasanya aku tidak berguna."

"Apa maksudmu, Ta? Kau masih mau merelakan tidurmu terganggu untuk mendengarkan keluhanku yang sama. Itu sudah lebih dari cukup bagiku."

"Ya ampun...kau bicara seakan-akan kita baru kenal kemarin."

"Yah...mungkin karena aku merasa telah membebankanmu dengan masalah ini."

"Sudahlah, aku tak merasa terbebankan kok. Kau pasti juga akan melakukan hal yang sama bila aku sedang ada masalah, ya kan?"

"Ya....iya."

"Aku memang tak tahu pasti apa arti dari mimpi-mimpi itu, tapi bisa kupastikan mimpi itu akan berakhir suatu hari nanti."

"Tapi sampai kapan?"

"Sampai kapan pun mimpi itu menghantuimu, aku bisa kau andalkan selalu."

Kenny tersenyum kecil. Kata-kata Anita memang tidak memberikan jawaban dari masalahnya. Namun bisa membuatnya merasa nyaman.

"Oh iya," lanjut Anita, "ada sedikit nasehat untukmu Ken."

"Apa?"

"Kalau kau punya waktu luang, carilah buku-buku yang berkaitan dengan dunia mimpi. Mungkin kau bisa menemukan jawabannya di sana."

Siangnya, Kenny mengikuti nasehat Anita. Ia pergi mengunjungi perpustakaan nasional yang letaknya tak jauh dari jantung kota Jakarta. Pintu masuk bangunan setinggi empat tingkat itu dijaga oleh dua orang berseragam hitam-hitam yang dilengkapi dengan sebilah pisau dan borgol. Para pengunjung hanya diperbolehkan masuk setelah pukul sembilan pagi hingga pukul lima sore.

Pada pukul 10.00 Kenny telah berdiri di depan pintu masuk gedung perpustakaan nasional. Seorang penjaga berseragam yang mengoperasikan pintu masuk memperbolehkannya masuk. Kenny bergerak bersama dengan pengunjung lain yang memadati pintu menuju ke dalam bangunan itu.

"Science Fiction ada di lantai berapa, pak?" tanya Kenny pada seorang petugas yang berada di tempat penitipan barang.

"Lantai dua," jawab petugas itu.

"Terima kasih," balas Kenny seraya menyerahkan tasnya.

Penataan buku di perpustakaan nasional sangat sistematis sehingga pengunjung dapat dengan mudah mencari buku yang diperlukan. Rak-rak buku berdiri dengan kokoh bersama dengan perabotan-perabotan yang terlihat bersih dan terawat, tak seperti bangunan-bangunan tua pada umumnya. Keadaan tenang dan nyaman, dengan pemandangan keluar jendela yang membuat orang menahan nafas, bisa menghipnotis pengunjung untuk duduk diam selama berjam-jam di dalam bangunan itu.

Sesampainya di lantai dua, Kenny memulai pencarian di rak-rak yang sejajar dengan tangga. Baru mencari di rak pertama, seorang pria tua menyapanya dengan ramah, "Selamat pagi, bisa saya bantu?"

"Em..saya mencari buku-buku tentang fiksi ilmiah," balas Kenny.

"Bisa lebih spesifik?" tanya orang tua itu seraya menuntun bahu Kenny ke suatu tempat.

"Tentang dunia mimpi."

"Oh, di sebelah sana." Pria tua itu menunjuk ke sebuah rak dekat jendela.

"Terima kasih, pak."

"Sama-sama," balasnya seraya melemparkan senyuman kecil pada Kenny.

Lalu Kenny berjalan menuju jendela, dan baru beberapa langkah saja ia sudah dikagetkan oleh suara yang terdengar dari balik salah satu rak. "Hei, Ken! Apa yang kau lakukan di sini?"

"Em...em...aku mencari....oh tidak, hanya iseng saja," jawab Kenny dengan gugup. "Kau sendiri?"

"Aku sedang mencari bahan untuk skripsi," jawab Tommy. Tommy adalah teman kuliah Kenny. Kenny mengenalnya di awal-awal semester perkuliahannya. Hubungan mereka tak lebih dari sekedar teman biasa.

"Ooo...." reaksi Kenny datar.

"Bergabunglah bersama kami. Ada Shinta dan Rico di sana." Tommy menunjuk ke arah meja-meja di seberang rak.

"Em...mungkin nanti. Aku ingin melihat-lihat dulu."

"Baiklah." Tommy segera membalikkan badan dan pergi.

Kenny kembali berjalan menuju rak dekat jendela. Ia tak menyangka akan bertemu orang yang ia kenal di tempat itu. Akhirnya ia sampai di deretan rak terahkir. Hmmph...buku apa yang kucari, pikirnya seraya mengamati judul-judul buku yang tersusun berdasarkan abjad. Koleksi buku yang tersedia cukup beragam. Ada yang berbahasa Inggris, Perancis, Belanda, dan beberapa bahasa lainnya.

Sesaat kemudian mata Kenny terhenti di salah satu buku yang berjudul Catching Your Dreams. Buku itu bersampul putih, dan terlihat gambar kepala dengan lingkaran-lingkaran yang tak jelas sebagai covernya. Di atasnya tertera judul buku beserta nama penulisnya. Tony Buzan. Wangi pengharum ruangan yang begitu lembut menambah semangat Kenny untuk melihat ke dalam buku.

Lembaran-lembaran awal ia lewati, dan lembaran-lembaran berikutnya hanya dilihat dengan sekilas sampai akhirnya ada suatu kalimat yang menarik perhatiannya. "The first step in memorisation of your derams is the actual retrieval of the dream itself. This you can accomplish by setting your mind just before you go to sleep. As you begin to drift off...." Mungkin ini buku yang kucari, pikir Kenny. Ia kembali membaca sambil berdiri dan mulai menghiraukan orang-orang yang ada di sekitarnya.

Malamnya, ia makan malam bersama Etzhara di sebuah restoran mewah yang letaknya masih di sekitar wilayah Jakarta pusat. Suasana di sana bagaikan dunia bidadari, semuanya terlihat sangat indah. Seluruh ruangan makan ditata dengan penuh selera, dan dikelilingi oleh lukisan-lukisan mahal karya pelukis-pelukis kenamaan yang menghiasi hampir di seluruh dinding ruangan. Di tengah-tengah ruangan terdapat air mancur, yang percikan airnya terpadu sempurna dengan alunan piano berirama santai yang sedang diperdendangkan seorang musisi. Alunan musik yang lembut memberikan kesan tempat itu anggun dan romantis. Di atas meja makan, semua peralatan makan dilapisi dengan emas dan perak yang menjadi berkilauan karena terpaan cahaya lampu utama. Inilah istana, pikir Kenny. Semua hal di restoran itu mengingatkannya kembali bahwa ia tinggal di kota besar yang penuh dengan keindahan, kemewahan, dan kekayaan.

Kenny begitu terpesona dengan suasana di tempat itu hingga ia lupa untuk menikmati makan malamnya. Ia sibuk melihat-lihat sekeliling, dan memandangi para tamu yang berpakaian serba indah. Kapan lagi aku bisa makan di tempat seperti ini, pikir Kenny dalam lamunannya.

"Makanannya tidak enak?" tanya Etzhara berbisik.

"Em...enak. Enak sekali."

"Tapi kau seperti tidak menikmatinya."

"Masa sih? Aku..." Kenny tidak melanjutkan kata-katanya.

Malam itu Etzhara mengenakan gaun yang sama yang ia kenakan di hari ulang tahunnya, lima tahun yang lalu. Ia merias wajahnya dengan riasan ala kadarnya, tak terlalu mencolok. Hanya bermodalkan goresan lipstik tipis yang berkilauan layaknya berlian dan lensa kontak berwarna biru terang saja sudah cukup baginya untuk menarik mata beberapa pria di sekitarnya. Kecantikan alami yang terpancar dari gadis itu seakan membuat malu semua wanita yang ada di ruangan itu. Kecantikan Etzhara malam itu hanya bisa dibandingkan dengan dewi-dewi dari kayangan, atau bahkan mungkin ia lebih cantik lagi.

Kenny tak yakin kepulangan Etzhara ke Jakarta beberapa bulan lalu akan bertahan lama. Dengan bermodalkan gelar MBA dari Duke University di New York, Etzhara bisa bekerja dimana saja yang ia ingini. Tapi apakah ayahnya akan mendikte jalan hidupnya lagi? Kenny berharap tidak, karena ia tak sanggup lagi untuk berpisah dengan belahan jiwanya itu. Tapi ia tahu itu bukan merupakan keputusannya.

"Lalu bagaimana selanjutnya?" tanya Kenny tiba-tiba.

"Bagaimana selanjutnya apa?"

"Em...maksudku, apakah kau akan melanjutkan bekerja di Jakarta atau di New York, atau mungkin di negara yang lain lagi?"

"Aku telah memutuskan akan bekerja di sini, di Jakarta."

Kata-kata itu tidak hanya bagaikan alunan musik yang indah di telinga Kenny, tapi juga bagaikan senyuman dari surga yang abadi. "Lalu bagaimana ayahmu?"

"Sudah kubicarakan dengannya, dan dia tidak keberatan."

Kenny tersenyum lebar. Keraguannya telah terjawabkan dalam kata-kata itu. Ia sadar racun-racun di pikirannya sudah dibersihkan. Semua mimpi-mimpi beserta lamunan-lamunan yang pernah ia benamkan dalam-dalam di bawah tanah, telah bangkit kembali dari liang kubur dan menjadi gairah yang baru.

Saat itulah Kenny mulai merakit kembali perahu cintanya yang telah rusak, teroyak ombak, dengan perlahan-lahan tapi pasti. Ia tak mengingkari dirinya pernah meragukan cinta Etzhara. Ia juga tak mengingkari dirinya yang pernah begitu kecewa pada gadis itu. Namun pada akhirnya gadis itu pulalah yang telah menyelamatkannya. Cinta gadis itu padanya begitu kuat, bahkan lebih kuat dari badai lautan yang ganas sekali pun.

Bab 23

7 Juli 2001

Gemerlap bintang-bintang yang menghiasi indahnya malam mengisyaratkan hujan tidak akan turun malam itu. Sapaan angin-angin malam seakan menyuruh Kenny untuk keluar rumah dan mengikuti hembusan mereka ke tempat-tempat yang tidak ia kenal.

Hmmph...mimpi ini lagi, keluh Kenny di bawah alam sadarnya. Bisa kupastikan apa yang akan terjadi nanti.

Ia berjalan melewati bangunan-bangunan tua yang sekarang sudah tak terasa asing lagi baginya. Kicauan burung-burung hantu dan lolongan anjing-anjing malam pun sudah tak terdengar menakutkan lagi. Nama-nama jalan seakan telah melekat erat di ingatannya hingga ia hafal betul setiap gang yang dilalui. Jalan ini akan menuntunku ke persimpangan, tebaknya dengan sangat pasti, dan kali ini aku tak akan terkejut dengan apa yang kulihat nanti. Dugaannya mengatakan bahwa ada patung malaikat maut tanpa kepala telah menantinya disana.

Sampailah Kenny di persimpangan jalan. Ia amati sekelilingnya, tapi tak menemukan keberadaan patung itu. Apakah aku mengambil jalan yang salah, pikirnya. Lalu berjalanlah Kenny menelusuri persimpangan jalan untuk mencari taman yang seharusnya berada beberapa meter di sisi jalan. Namun taman itu juga tak ada di sana. Aneh, pikirnya sekali lagi, tak mungkin aku mengambil jalan yang salah.

Ketidakberadaan patung malaikat maut yang seharusnya tidak membuatnya takut justru semakin menakutinya, mengingat mimpi itu sudah tidak sama lagi dengan mimpi-mimpi sebelumnya. Aku harus segera bangun dari tidurku, tegasnya. Mimpi ini sudah tak terasa sama lagi. Kenny mencubit lengan kirinya dengan sangat keras. Bangun! Bangun Ken! Jangan teruskan mimpi ini! Namun tak ada hasilnya. Ia pun pasrah. Apa yang akan terjadi nanti? Kobaran api dari rasa takutnya mulai menyelimuti pikirannya.

Kenny kembali menjauhkan matanya menerobos kabut-kabut tebal yang mulai mengelilinginya. Pandangannya semakin kabur. Ia sudah tak yakin lagi dengan apa yang dilihatnya. Sesekali sekelibat bayangan lewat tanpa ia sadari, dan masih bisa ia hiraukan. Namun tetap saja rasa takut seakan tak pernah lelah mengejarnya, sampai pada akhirnya ia memutuskan untuk diam dan menanti hal terburuk apapun yang akan terjadi. Lagipula ia tahu yang dirasakannya saat itu hanyalah mimpi, dan tidak akan memberikan dampak apapun saat dirinya terbangun dari tidur nanti.

Tiba-tiba kabut mulai menipis, lalu menghilang. Jalan-jalan di sekeliling menjadi tampak suram dan menyeramkan. Udara pun mendadak menjadi sangat panas, sesaat terdengar suara-suara aneh yang menakutkan dari balik punggung Kenny. Cepat-cepat ia palingkan wajahnya ke belakang, dan dalam sekejap mata saja ada sebuah benda tajam yang merobek bajunya hingga menembus bahu kanannya. Tetapi rasa sakit itu berubah menjadi rasa takut yang teramat sangat ketika dirinya melihat patung malaikat maut tanpa kepala dengan sabit runcing yang telah melukai bahunya.

Tanpa pikir panjang lagi, ia lari secepat mungkin menjauhi iblis itu. Tapi kedua kakinya terasa seperti dirantai oleh suatu beban berat. Kendati demikian, ia tetap berlari dan terus berlari hingga nafasnya habis. Tak lama, sambil terengah-engah ia menoleh ke belakang. Dan ia melihat iblis tadi masih tetap berdiri di tempat yang sama, tak beranjak sedikit pun. Mengapa ia tak mengejarku? tanya Kenny sambil memperlambat langkah kakinya. Walaupun patung malaikat maut itu sudah tak terlihat berbahaya lagi, rasa takut masih tetap menyelimuti Kenny.

Tiba-tiba saja tubuhnya menabrak sebuah objek keras yang menghalangi jalannya. Kenny terjatuh terkapar di atas tanah berbatuan. Lalu ia angkat tubuhnya dengan bertumpu pada siku, dan dengan perlahan-lahan memaksa diri untuk berlutut. Seraya berlutut ia mendongakkan kepala untuk melihat apa yang telah ia tabrak.

Jantungnya berdetak kencang saat menyadari apa yang ada dihadapannya. Adalah patung malaikat maut lainnya berdiri tanpa senjata sedang mengamatinya, dengan jubah hitam yang menutupi seluruh tubuhnya dari kaki hingga kepala. Perlahan-lahan Kenny menapak mundur seraya mengumpulkan segenap tenaganya yang masih tersisa untuk berlari. Namun kecepatan tangan iblis itu mengalahkan reaksi matanya hingga tanpa ia sadari lengan kirinya telah terambil alih.

Kenny tersentak, terbangun dari tidurnya. Ia buka mata, lalu menatap sekelilingnya yang perlahan-lahan menjadi jelas. Namun harus memerlukan waktu beberapa menit terlebih dahulu untuk mengembalikan kesadarannya.

Ia duduk di tepian ranjang sambil berpikir, Mereka bergerak begitu cepat kali ini. Tapi apa artinya? Kenny yakin sekali mimpinya tadi tidak hanya berhenti sampai di sana, pasti ada kelanjutannya. Ia pun semakin yakin dirinya sebentar lagi akan mengetahui arti dari mimpi-mimpinya itu. Semuanya hanya masalah waktu.

Tiba-tiba ia seakan bisa merasakan sesuatu yang menyeramkan akan segera menimpanya. Apakah itu adalah rasa takut akan kehilangan Etzhara sekali lagi? Tapi ia pun tahu rasa takutnya akan hal itu tak beralasan sama sekali karena gadis itu telah memutuskan untuk tinggal di Jakarta selama mungkin. Kenny hanya berharap rasa takutnya saat itu tidak menjadi nyata di kemudian hari.

14 Juli 2001

Seiring dengan berjalannya waktu, Perahu cinta Kenny telah kembali berlayar dengan kokoh di atas lautan yang tenang. Begitu tenang dan sangat nyaman hingga ia tak ingin semua waktunya yang terlewati bersama Etzhara berakhir. Ia bisa melihat perualangan-pertualangan baru telah menantinya dan tersenyum padanya di depan.

Hubungannya pun dengan ibu Etzhara semakin erat. Beberapa kali ia diundang ke perjamuan makan malam olehnya. Namun sayangnya ayah Etzhara masih berada di New York sehingga Kenny masih belum mendapatkan kesempatan untuk bertemu dengannya. Meskipun demikian, ia merasa lampu hijau telah diberikan oleh ibu Etzhara, dan itu berarti hubungannya dengan Etzhara telah direstui.

Di lain pihak, Etzhara juga sudah mulai mengenal keluarga Kenny. Memang ia agak terbebani karena tak sempat mengenal kedua orang tua pria itu. Tapi hal itu tak dijadikannya alasan. Seminggu sekali, secara rutin, ia ke rumah Kenny. Dan bila Kenny sedang tidak ditempat, ia menghabiskan waktu itu untuk berbincang-bincang dengan kakak perempuannya. Etzhara yakin pendekatan itu harus dilakukan mengingat hubungannya dengan Kenny semakin mengarah serius.

Siang itu Kenny berjalan riang menuju rumah Etzhara. Sesampainya di sana, Etzhara menyambutnya dengan pelukan hangat. Lalu mereka melewati siang itu dengan menonton televisi sambil bermalas-malasan.

"Kapan kau akan mulai mencari pekerjaan, Zha?"

"Nanti," jawabnya ringan, "aku masih ingin bersantai."

"Jadi setengah tahun masih belum cukup juga?"

Etzhara tersenyum. "Belum," candanya.

Panas bulan Juli benar-benar membakar semua orang sampai ke saraf mereka. Hal itulah yang membuat Kenny dan Etzhara enggan untuk keluar rumah sepanjang siang. Pukul 17.30, setelah menghindar dari teriknya sinar matahari, mereka memutuskan untuk berjalan-jalan di dalam kompleks tempat tinggal Etzhara.

Mereka duduk-duduk di sebuah bangku panjang dari besi yang berada di taman, sambil menikmati hilangnya matahari dari balik rimbunan pepohonan. Kenny tak banyak berkata-kata saat itu. Namun Etzhara sedang sibuk memperhatikan anak-anak kecil yang berlarian kesana kemari di sekelilingnya.

Tiba-tiba rasa bersalah datang kembali menghantui Etzhara. Perasaan seperti itu selalu muncul setiap kali ia melihat anak kecil, dan tak akan pernah memudar dari dalam dirinya sampai kapan pun juga. Lalu, tak memerlukan waktu yang lama baginya untuk memenuhi pelupuk matanya dengan segudang air mata. Ingin rasanya menahan keluar air mata itu, tapi sudah terlambat. Tetesan air mata itu sudah jatuh membasahi pipinya, yang kemudian membuatnya terisak-isak.

Kenny mengamati hal itu, tapi bingung harus berbuat apa. Ia tak tahu apakah itu hanyalah air mata haru saja atau memang sebenarnya gadis itu sedang dilanda kesedihan. Mengapa ia menangis? batinnya bertanya-tanya. Akhirnya ia mengakhiri rasa penasarannya itu. "Hei, kenapa menangis?"

Etzhara menyeka air mata dengan jarinya. Ia tahu kali ini dirinya tak bisa mengelak lagi untuk menceritakan aibnya itu pada Kenny. Lalu ia menunduk, dan bibirnya mulai bergerak perlahan-lahan, "Ken...aku seorang pembunuh." Sejumlah air matanya pun kembali mendobrak keluar.

Kenny sama sekali tak mengerti apa maksud dari kata-kata gadis itu. Ia semakin bingung dibuatnya. "Apa maksudmu? Kau ini kenapa, Zha?"

"Aku seorang pembunuh." Kata-kata itu diucapkannya lagi, tapi kali ini diiringi dengan tangis yang begitu hebat.

"Iya, aku dengar. Tapi aku tak mengerti apa yang sedang kau bicarakan."

Etzhara membutuhkan waktu yang cukup lama sebelum keadaannya sudah benar-benar dapat dikendalikan. Lalu ia mulai menceritakan pengalaman pahitnya di New York yang selama ini selalu ia coba benamkan dalam hatinya. Ia menceritakan mulai dari kebodohannya yang membiarkan kesuciannya dirampas oleh pria yang tak dikenal, hingga pembunuhan janin bayinya yang keji. Ia tahu Kenny mungkin tak bisa menerima pengakuannya itu dengan mudah, tapi ia tak mempunyai pilihan lain saat itu. Ia sudah pasrah dengan resiko apapun yang akan diterimanya.

Mendengar berita yang sangat mengejutkan itu, Kenny seperti tak bisa berkata-kata. Tapi bukannya merasa kecewa, justru ia malah dapat memahami bagaimana hal itu bisa terjadi. Ia tahu bagaimana kehidupan orang-orang barat, maka ia bisa menerima kabar itu dengan lapang dada. Memang ada sedikit kekecewaan dalam dirinya saat mengetahui Etzhara tidak hanya berselingkuh saja dengan pria lain, tapi juga telah membiarkan kesuciannya terampas. Namun kekecewaan itu tak ada artinya bila dibandingkan dengan perasaan cintanya yang tulus pada gadis itu.

Kenny merangkul bahu Etzhara dan merebahkan kepala gadis itu di bahunya, lalu berkata, "Ya sudah, tak ada gunanya lagi menyesal sekarang. Tak ada seorang pun yang bisa memutar balik waktu."

Etzhara memeluk Kenny erat-erat. "Maafkan aku Ken. Aku telah mengecewakannmu."

Kenny membelai-belai rambut gadis itu berusaha menenangkannya. "Kau tidak mengecewakanku Zha, tapi keadaan. Keadaanlah yang telah mengecewakan kita berdua."

Bab 24

28 Juli 2001

Etzhara duduk di meja makan berusaha menyantap makan malamnya. Tapi ia bahkan tak kuat lagi mengangkat sendok makan yang sudah tergenggam erat di tangannya. Sesekali ia mengatupkan giginya menahan rasa sakit yang luar biasa di dadanya.

Ibunya memperhatikan keadaan itu dengan cermat. Ia menyadari ada yang tak beres dengan anak itu, entah apa. Lalu ia mengakhiri rasa penasarannya dengan berkata, "Kau kenapa?"

Etzhara tak memberikan jawaban, bahkan menoleh pun tidak. Matanya tetap tertuju pada piring yang masih penuh dengan makanan itu. Ia sadar rasa sakit di dadanya itu mulai sering muncul beberapa hari belakangan ini.

"Kau sakit?" lanjut ibunya.

Etzhara menggelengkan kepalanya perlahan-lahan, sambil mencoba mengangkat sendok makannya dengan segenap tenaga tambahan yang ia paksakan.

"Kalau begitu jangan dipandangi saja makanan itu," tambah ibunya dengan nada tinggi.

Akhirnya, sesuap demi sesuap nasi berhasil masuk juga ke dalam mulut Etzhara. Sambil memejamkan mata erat-erat, ia paksakan dirinya mengunyah makanan-makanan itu. Namun baru saja hendak mencapai suapan kelima, ia sudah tak tahan lagi dengan rasa sakitnya itu. Lantas ia menyenderkan tubuhnya pada senderan kursi makan, dan tak lama terjatuh ke lantai. Lalu semuanya menjadi gelap seketika baginya.

Seorang dokter pria setengah baya mempersilahkan ibu Etzhara masuk ke ruangannya. Sementara ia mengambil hasil pemeriksaan dari ruangan sebelah, ibu Etzhara duduk menunggunya. Setelah kembali, dokter itu duduk di belakang meja kerjanya sambil mempelajari lembaran-lembaran kertas di tangannya. Tak lama ia berkata, "Apakah puteri anda sudah pernah diperiksakan sebelumnya?"

"Belum." Ibu Etzhara mengerutkan dahinya. "Apa yang terjadi dengan puteri saya, dok?"

Dengan sangat hati-hati dokter itu melanjutkan kata-katanya, "Puteri anda menderita tumor payudara."

Sekujur tubuh ibu Etzhara mendadak terasa amat dingin, hingga lidahnya terasa kaku untuk bicara. "I..itu tidak...mungkin."

Dokter itu memperlihatkan lembaran foto X-Ray padanya. Jarinya menunjuk ke suatu bagian di foto itu, lalu ia berkata, "Ini adalah tumornya. Dan tumor ini akan tumbuh dalam rongga dadanya, mungkin akan tumbuh dengan cepat atau mungkin juga lambat, saya tidak bisa memastikan hal itu."

"Tapi bagaimana mungkin dok? Dia hampir tak pernah mengeluh sakit pada saya." Suaranya terdengar serak.

"Biasanya penderita penyakit ini tidak mengetahui ada tumor dalam tubuhnya," jelas dokter itu. "Gejala-gejalanya sangat sederhana, mulai dari pusing-pusing, sesak nafas hingga pingsan seperti puteri anda tadi."

"Lalu bagaimana cara penyembuhannya, dok?"

"Hal seperti ini tidak bisa sembuh begitu saja. Itu semua tergantung pada puteri anda sendiri."

"Maksud dokter?"

"Penyakit ini sangat susah disembuhkan, tapi kita bisa mengusahakan agar tumor ini tidak semakin membesar. Dan satu-satunya orang yang bisa mewujudkan hal itu adalah puteri anda sendiri. Keinginannya untuk tetap bertahan hidup bisa menjadi acuan untuk melawan penyakit ini. Kita hanya bisa mendukungnya, apapun yang akan terjadi nanti."

"Bagaimana dengan pengobatan alternatif?"

Dokter itu menyenderkan tubuhnya ke kursi. "Secara pribadi, saya tidak akan merekomendasikan hal itu pada anda. Tapi bila anda ingin tetap mencoba, saya mempersilahkan dengan tangan terbuka......dengan catatan pihak rumah sakit tidak akan bertanggung jawab bila terjadi sesuatu."

"Lalu apa yang bisa dilakukan pihak rumah sakit?" tanya ibu Etzhara dengan nada kesal.

"Kami bisa melakukan terapi untuk tetap menstabilkan kondisi mental puteri anda, dan bila kondisinya semakin menurun.....kami mungkin akan melakukan pembedahan untuk mengeluarkan tumor itu. Tapi tentunya pembedahan itu sangat beresiko. Itulah sebabnya kami menjadikan pembedahan sebagai pilihan terakhir."

"Saya akan tanggung resiko itu," tegas ibu Etzhara. "Lakukanlah pembedahan."

Dokter itu melepas kacamatanya seraya berkata, "Sebaiknya anda pikirkan lagi pilihan tersebut. Bicarakanlah dulu dengan orang-orang terdekat anda, atau mungkin dengan puteri anda sendiri."

Ibu Etzhara terdiam lama, berusaha mencerna kata-kata dokter itu. Lalu ia berdiri seraya berkata, "Apakah saya bisa menemui puteri saya sekarang?"

Dokter itu melirik alroji yang melingkar di tangan kanannya. "Ya, mungkin ia sudah sadar." Ia berdiri. "Mari ikut saya."

3 Agustus 2001

Cinta seharusnya terisi dengan hal-hal yang menyenangkan untuk dibayangkan. Namun bagi Kenny, cinta seakan mementaskan sebuah sandiwara yang tragis. Dimulai dari kepergian Etzhara ke New York, kemudian masa-masa penantian yang begitu menyiksanya, hingga kali ini penyakit yang sedang diderita gadis itu. Seperti menuangkan garam di atas luka yang belum pulih, itulah yang Kenny rasakan.

Setiap siang, ia tak pernah absen menjenguk Etzhara di rumah sakit. Ia tahu gadis itu sangat membutuhkan supportnya untuk bisa bertahan hidup. Ayah Etzhara, yang telah kembali dari New York, sadar bahwa Kenny tak mungkin berada di rumah sakit setiap saat. Oleh sebab itu ia membagi-bagi tugas, Kenny di siang hari, sementara ia dan isterinya bergantian berjaga di malam hari. Mereka semua bersatu untuk satu tujuan yang sama; memberikan support untuk Etzhara.

Siang itu Kenny duduk termenung di kursi samping ranjang tempat Etzhara berbaring. Sesekali ia memperhatikan Etzhara yang masih terlelap karena pengaruh obat yang telah diminumnya. Tubuh gadis itu terbaring lemas, tak banyak bergerak, dengan warna mukanya yang agak memucat.

Setengah jam kemudian, mata gadis itu terbuka perlahan-lahan. Matanya berkedip-kedip sambil melihat seisi ruangan, mencoba mengenali tempat dimana dirinya berada. Tak membutuhkan waktu yang lama baginya untuk menyadari bahwa ruangan itu adalah kamar rumah sakit. Ia melihat Kenny di sisi ranjang sedang memandang ke luar jendela, lalu ia mencoba menggapai tangan pria itu.

Kenny merasakan sentuhan hangat di tangannya. Perlahan-lahan ia menoleh, lalu dengan sedikit terkejut berkata, "Hai, sudah bangun?"

Etzhara membalas sapaan itu dengan sebuah senyuman kecil yang manis.

"Bagaimana keadaanmu hari ini?" lanjut Kenny.

"Sudah agak baikan," jawab Etzhara dengan suara lemah seakan tak berdaya.

Kenny tahu gadis itu berbohong, karena dua hari lalu ia sempat mencuri dengar pembicaraan antara kedua orang tua Etzhara dengan dokter yang merawatnya. Ia masih ingat jelas mereka membicarakan kondisi Etzhara yang mulai menurun. Hal itu sangat mencemaskannya, apalagi setelah mengetahui gadis itu menutup-nutupi rasa sakitnya darinya. Kenny menebak hal yang dilakukan Etzhara itu hanyalah suatu usaha agar tak dicemaskan orang lain. Tapi sayangnya hal itu justru malah membuatnya semakin risau, galau, dan takut. "Kau haus? Atau lapar? Atau ada hal lain yang kau butuhkan?" tanya Kenny penuh perhatian seraya setengah berdiri.

"Tidak, aku baik-baik saja." Etzhara menarik lemah lengan Kenny. "Jangan kemana-mana, Ken. Tetaplah di sini."

"Aku tidak akan pergi," tegas Kenny.

Mereka berdua terdiam lama. Beberapa kali Kenny menyeka keringat yang mulai mencucur di dahi Etzhara. Kadang mata gadis itu pun terpejam lama hingga kelihatannya seolah-olah telah kembali terlelap, padahal sebenarnya sedang menahan rasa sakit. Kenny tak pernah lelah mengamati wajah Etzhara dengan penuh rasa cinta, hingga ia merasa tercekik sendiri menyadari derita yang sedang dialami belahan jiwanya itu.

Kenny menahan jeritan dalam hatinya yang seakan ingin melonjak keluar. Ia ingin berteriak sekeras mungkin, mengeluarkan semua kekesalan yang membawanya ke dalam keadaan yang memprihatinkan seperti itu. Hatinya pun mulai menangis; menangisi penyakit yang diderita gadis itu, menangisi dirinya yang tak bisa berbuat banyak untuk kesembuhan gadis itu. Kenny meratapi ketidak-berdayaannya saat itu. Ia merasa seakan-akan kesedihan selalu ingin meminum darah dari cintanya pada gadis itu. Ia rela memberikan segalanya agar keadaan kembali berpihak padanya lagi.

Tiba-tiba saja Etzhara berkata lemah dengan penuh perasaan, "Selalu melihat cinta yang terpancar dari matamu. Melihat apa yang kau lihat, merasakan apa yang kau rasakan, lalu menyimpannya dalam hatiku yang paling dalam dan jadikan kenangan."

"Oh...Zha..."

"Ken, semua hal yang kita lewati bersama sangatlah indah, dan itu semua akan selalu menjadi bagian yang istimewa dalam hidupku. Cintamu telah menyatu dengan jiwaku. Cintaku telah menjadi milikmu." Etzhara menggenggam erat tangan Kenny. "Aku sangat mencintaimu, Ken."

Kata-kata itu terdengar seperti sebuah perpisahan. Sangat indah, tapi terasa begitu menyakitkan bagi Kenny. Ia merasa air matanya mulai memenuhi pelupuk matanya, dan lehernya menjadi sedemikian tersekat begitu erat hingga ia merasa sulit bernafas. Lantas ia menarik nafasnya dalam-dalam, lalu menghembuskannya. Ia mengatur nafasnya, sekaligus menguatkan dirinya untuk menahan tetesan air mata yang rasanya sudah ingin mendobrak keluar. Setelah bersusah payah menguasai keadaannya saat itu, ia membalas perkataan Etzhara, "Zha, aku mencintaimu lebih dari yang kau bayangkan."

Kenny merasa dirinya akan terpisah dengan gadis itu sekali lagi. Perasaan itulah yang membuat tubuhnya seakan seperti teroyak-oyak oleh sebilah pisau tajam. Namun ia tak akan membiarkan kepahitan itu semakin mengganas dalam dirinya. Ia tetap meyakinkan pada dirinya bahwa mukjizat pasti akan datang. Ia harus yakin bahwa cintanya akan menyelamatkan gadis itu dari maut, seperti cinta gadis itu telah menyelamatkannya dari kehampaan yang dingin.

Bab 25

13 September 2001

Malam itu ayah Etzhara berdiri bersandaran dinding di ruang tunggu pasien. Ia gelisah menunggu dokter yang merawat puterinya datang. Berselang lima belas menit kemudian, dokter yang telah dinanti-nantikannya itu keluar dari dalam lift dan berjalan mendekatinya. Ia sangat membutuhkan kabar baik saat itu.

"Selamat malam," sapa dokter itu.

"Malam dok. Bagaimana keadaan puteri saya? Apakah ada kemajuan?" desak ayah Etzhara.

Dokter itu mencoba mengendalikan situasi. "Sebaiknya kita duduk dulu."

Ayah Etzhara tak mungkin bisa tenang dalam keadaan seperti itu, apalagi jika harus duduk diam. Namun setelah dokter itu duduk, ia tak mempunyai pilihan lain lagi selain memaksa dirinya ikut terduduk pula. "Bagaimana dok?" desaknya sekali lagi.

Dokter itu menghela nafas panjang. Helaan itu seakan berisikan suatu kepasrahan. "Dengan berat hati saya harus mengatakan bahwa keadaan puteri anda tidak juga membaik sampai saat ini." Ayah Etzhara mendengarkan dengan penuh perhatian. "Dalam seminggu ini ia sudah tiga kali pingsan," lanjut dokter itu, "dan hal itu menandakan bahwa tumornya telah berkembang cukup besar sehingga mulai mengganggu daya kerja jantungnya."

"Lalu apa tindakan selanjutnya?"

Dokter itu terdiam sejenak, lalu berkata, "Mungkin harus dilakukan pembedahan sebelum terlambat."

"Isteri saya pernah menyinggung hal itu pada saya." Ia memijat-mijat dahinya. "Tapi apa tidak ada jalan lain selain itu?"

Dokter itu menggelengkan kepalanya. "Jalan lainnya adalah menunggu datangnya mukjizat."

Ayah Etzhara terdiam cukup lama. Ia harus membuat keputusan saat itu juga. Lalu ia berkata, "Bila menurut dokter pembedahan itu harus dilakukan, maka lakukanlah."

"Tapi anda juga harus mengetahui bahwa tidak semua operasi pembedahan tumor berjalan lancar," jelas dokter itu. "Pembedahan ini juga beresiko....kematian. Apakah anda siap dengan resiko itu?"

Ayah Etzhara tidak memiliki pilihan lain. Mau tak mau ia sudah harus siap dengan resiko apapun yang akan terjadi. "Kapan operasinya akan dilakukan, dok?"

"Saya harus mencari dokter bedah yang tepat dan juga yang bersedia mengoperasi puteri anda terlebih dulu."

"Lalu sementara ini apa yang harus saya lakukan?"

"Bicarakanlah hal ini pada puteri anda, dan jangan tunjukkan kesedihan di depannya. Itu akan memperparah kondisinya."

27 September 2001

Saat yang ditunggu-tunggu akhirnya tiba. Etzhara sudah mendapatkan dokter yang bersedia mengoperasinya. Dan karena padatnya jadwal yang dimiliki dokter bedah itu, maka operasi pembedahan harus dilakukan malam hari.

Ketika mendengar kabar itu, saat itu juga Kenny naik taksi secepatnya menuju rumah sakit. Di dalam taksi ia merasa tertekan karena pikiran-pikirannya yang kacau balau. Ia memikirkan perasaan cintanya pada Etzhara dan kehampaan yang mungkin akan didapatkannya lagi. Hal itu membuatnya semakin takut terhadap apa yang akan dihadapinya sebentar lagi. Kendati demikian, ia masih tetap berusaha meyakinkan diri bahwa keajaiban pasti akan terjadi.

Sepanjang perjalanan, beberapa kali sopir taksi berusaha melakukan percakapan dengannya. Tapi ia tak dapat menangkap kata-kata sopir itu. Ia hanya menangkap nada suara yang membosankan yang keluar dari mulut sopir taksi tersebut. Kenny tak mengerti sama sekali apa yang sedang dibicarakan sopir taksi itu karena ia tak mampu memahaminya, lagipula ia tak akan membiarkan dirinya terperangkap ke dalam percakapan yang membosankan.

Kurang dari setengah jam kemudian, taksi itu akhirnya tiba di rumah sakit. Kenny langsung memberikan sejumlah uang pada sopir itu. Tanpa menunggu kembalian, ia melompat keluar dari dalam taksi dan melangkah secepat mungkin menuju ke dalam rumah sakit.

Ibu Etzhara, yang telah menantinya di lorong pertama setelah pintu masuk rumah sakit, menghampirinya dan memeluknya. Pelukan yang terasa menakutkan dan tidak nyaman itu memaksa Kenny bertanya, "Apakah operasinya sudah dilakukan?"

"Mereka baru saja masuk ke ruang operasi," jawab Ibu Etzhara. Lalu ia menggandeng tangan Kenny menuju lift.

Di lorong lantai tiga, dari kejauhan Kenny melihat ayah Etzhara sedang duduk menunduk di sebuah kursi plastik sambil menekan kedua lututnya agar tidak tampak gemetar. Pria itu terlihat lemas, memandangi lantai dengan tatapan kosong. Saat Kenny berjalan mendekatinya, ia merasakan dinginnya lorong yang begitu mencekam menemani setiap langkahnya. Tak lama pria itu menoleh ke arahnya, tapi Kenny ragu untuk menyapa. Kenny hanya melepaskan senyuman kecil, lalu segera menyembunyikannya cepat-cepat.

Ia menghentikan langkahnya dan duduk di kursi terdekat agak jauh dari ayah Etzhara. Sementara ibu Etzhara tetap berjalan dan duduk mendampingi pria itu. Kenny mulai melamun, tapi tak jelas apa yang dilamunkannya. Suara-suara di kepalanya yang sudah tak terkendali lagi membuat pikirannya semakin kacau. Ia merasakan pertempuran sengit sedang terjadi di dalam kepalanya. Tapi ia tak dapat mengetahui pihak mana yang mendukungnya dan pihak mana yang memusuhinya.

Satu jam kemudian, dan satu jam lagi berikutnya operasi masih belum juga berakhir. Penantian pun masih harus berlanjut, dan hal itu memompa jantung Kenny berdebar-debar keras. Bau rumah sakit pun semakin membuatnya merasa tak nyaman.

Kesunyian yang amat dalam terasa di sepanjang lorong lantai tiga; kesunyian penuh harapan dan berjuta-juta doa. Beberapa kali Kenny menegaskan dirinya dengan berkata, Tumor adalah penyakit, dan penyakit dapat disembuhkan. Kata-kata itulah yang selalu ditanamkan dalam otaknya agar pikiran-pikiran negatifnya memudar. Meskipun demikian, sesekali muncul pikiran-pikiran yang menakutinya. Ia takut andaikan operasinya tidak berjalan lancar. Dan ia menegaskan dirinya sekali lagi, Tidak! Aku tidak boleh memikirkan hal itu. Ia memejamkan matanya erat-erat, lalu menunduk dan menutup wajahnya dengan kedua tangan.

Seorang pria yang mengenakan baju operasi berwarna hijau muncul dari balik pintu salah satu kamar. Ayah Etzhara berdiri, dan Kenny langsung bisa menebak bahwa pria itu adalah dokter yang mengoperasi Etzhara. Kenny berdiri, dan bergerak maju perlahan-lahan. Setiap langkahnya seakan bergema di lorong yang panjang itu, diiringi dengan suara teriakan dalam hatinya yang kemudian diikuti dengan suara jantungnya yang berdetak cepat dan semakin liar, yang membuat nafasnya tersendat-sendat.

Mereka masih menunggu kata-kata yang ingin keluar dari mulut dokter bedah itu. Bagi Kenny penantian yang seperti itu sama sekali tidak nyaman. Ia tahu kata-kata yang akan didengar akan memberikan kehidupan yang baru lagi baginya, baik dengan Etzhara atau tanpa Etzhara.

Akhirnya dokter itu menggelengkan kepalanya, dan isyarat itu dapat ditangkap dengan jelas oleh Kenny. Tapi ia masih tak mau mempercayainya. Lalu perlahan-lahan dokter itu berkata untuk meyakinkan, "Operasinya gagal. Ia tak tertolong lagi. Maaf."

Setiap kata dokter bedah itu bagaikan palu yang menghantam keras kepala Kenny. Wajahnya tiba-tiba memucat bagai kehilangan darah, kakinya terasa lemas, dan sekujur tubuhnya terasa dingin hingga membuat jiwanya ikut membeku. Langit pun seakan runtuh di atasnya dalam sekejap.

Etzhara terbaring bisu di atas meja dari logam. Tubuhnya diam untuk selamanya. Matanya tertutup rapat, tapi seolah-olah sedang terlelap dan terbuai dalam mimpi yang indah. Ingin rasanya Kenny menutup mata, dan berpura-pura apa yang ia lihat saat itu tidak benar-benar terjadi. Tapi justru ia malah merasa dunianya seakan berhenti berputar saat menyadari dirinya tidak akan bisa lagi melihat bola mata gadis itu yang bersinar terang atau lesung pipit di pipi kirinya saat tersenyum, atau merasakan sentuhan-sentuhan lembutnya.

Hidup Kenny memang penuh dengan kejutan, dan kejutan yang datang kali ini melebihi kapasitas perasaannya. Saat itu ia sedang berusaha mencari jalan agar perpisahan dengan gadis yang amat dicintainya itu tidak terasa menyakitkan. Tapi tidaklah mungkin, karena hal itu telah merusak serpihan hatinya yang telah hancur berantakan.

Di dalam ruangan itu ia berdiri kaku dan mulai mendengar iblis-iblis menertawakan dirinya. Tenggorokkannya terasa kasar, penuh dengan teriakan-teriakan yang tak dapat keluar dari mulutnya. Ia merasa sendiri lagi di dunia ini. Ia merasa lebih hampa dan lebih sakit daripada yang pernah ia rasakan sebelumnya. Ia menyadari kepergian Etzhara kali ini tidak hanya menghancurkan serpihan hatinya saja, tetapi juga membawa serta jiwanya yang telah menyatu dengan gadis itu. Layaknya lilin malam yang telah habis terbakar, dengan pahit cinta Kenny harus berakhir malam itu.

Bab 26

7 Febuari 2005

Kota Jakarta semakin memperlihatkan keindahannya pada awal pergantian tahun itu. Gedung-gedung pencakar langit telah hampir menghiasi seluruh jantung kota. Sebuah mall terkenal yang dulu pernah ditutup karena hangus terbakar kini sudah beroperasi kembali, sementara banyak Shopping Centre baru yang telah merabah di bagian utara kota. Di beberapa sisi kota pun terlihat bangunan-bangunan perkantoran yang sedang merenovasi gedungnya untuk menghilangkan wajah kusam yang tak terawat.

Sore itu Kenny mempunyai janji bertemu dengan seorang klien. Tak sengaja ia melewati kompleks perumahan tempat tinggal Etzhara. Ia memutar balik mobilnya dan memutuskan mampir sebentar ke rumah Etzhara untuk bertemu sapa dengan siapa saja yang ia temui di rumah itu. Semenjak Etzhara meninggal, ia tak pernah lagi bertemu dengan keluarga Etzhara, atau bahkan berkomunikasi jarak jauh dengan ibu gadis itu. Terakhir kali ia bertemu dengan mereka adalah di pemakaman, di saat tubuh Etzhara terbaring dalam peti mati dengan jutaan air mata menemani tidurnya yang abadi.

Ketika mobilnya berjalan semakin perlahan untuk akhirnya berhenti di depan rumah yang tak asing lagi baginya, ia terkejut melihat sebuah tulisan besar yang ditempel di depan pintu gerbang. Tulisan itu bertuliskan: DIJUAL - HUB : 0812-9683664. Tidak mungkin, pikirnya dalam hati.

Dengan perasaan heran bercampur bingung tak percaya, ia melangkah keluar dari mobilnya dan mencoba mengintip ke dalam dari celah kecil yang ada di pintu gerbang. Saat ia mendekatkan wajahnya, pintu itu terdorong olehnya dan terbuka. Ia terkejut. Mengapa tak dikunci? batinnya bertanya-tanya.

Kenny berjalan memasuki pekarangan rumah itu sambil mengamati sekelilingnya. Ia tak melihat lagi taman beserta kursi-kursi duduk, dimana dirinya pernah menghabiskan banyak waktu di sana. Ia juga tak melihat lagi sebatang pohon raksasa yang dulu digunakan untuk menyembuyikan rumah itu dari sinar matahari. Ia hanya melihat tanaman-tanaman liar yang menghiasi halaman rumah itu. Semuanya sudah tak terawat lagi. Bahkan jalanan setapak yang ia lalui pun sudah menghijau kerena tertutupi oleh lumut.

Tak lama ia sampai di depan pintu rumah. Ia berdiri di sana, lalu mengintip ke dalam rumah melalui jendela yang sudah tak bertirai lagi. Ia tercengang. Sebatas matanya memandang, seluruh ruangan yang ia lihat telah kosong sama sekali; tanpa sepotong perabot pun tersisa. Seluruh barang-barang antik yang pernah ada di dalam rumah itu telah lenyap. Lantas, ia berlari mengitari rumah sambil melihat satu ruangan ke ruangan lain dari luar jendela. Rasa ketidak-percayaannya semakin besar. Tampaknya rumah itu sudah tidak berpenghuni sejak lama.

Kenny kembali ke pintu depan, dan berdiri bersenderkan sebatang pilar besar yang menyangga bangunan rumah itu. Ia mulai melamun. Ia mengakui pada dirinya sendiri bahwa sangatlah mudah baginya untuk jatuh cinta pada Etzhara. Namun sangat sulit untuk mengatasi keadaan yang selalu menghalang-halangi cintanya pada belahan jiwanya itu. Ia merasa mencintai Etzhara sama halnya dengan menggali kuburnya sendiri, menanti dan tetap menanti sampai akhirnya gadis itu pergi tak kembali. Tapi bukanlah cinta yang ia sesali, melainkan keadaan yang tidak menghendaki mereka bersatu yang ia benci.

Meskipun demikian, ia seakan bisa melihat sebuah kehidupan dari semua rasa sakit yang pernah ia rasakan. Ia masih ingat dengan jelas saat pertama kali matanya terbaring pada Etzhara sembilan tahun yang lalu. Gadis itu sangat cantik hingga matanya tak rela untuk berkedip, bahkan tidak untuk sedetik pun. Hari itulah yang mengubah hidup Kenny untuk selamanya. Dan walaupun kini ia sudah tak bisa lagi melihat senyuman gadis itu, ia merasa kepergian gadis itu telah meninggalkan sebuah hadiah yang paling indah dalam hatinya. Gadis itu telah membuka mata dan pintu hatinya untuk melihat dan merasakan cinta yang sebenarnya. Aku tak akan menukarkan hari itu untuk apapun juga; tidak untuk apapun yang ada di dunia ini.

Dalam keadaan setengah sadar, Kenny berjalan meninggalkan teras rumah itu menuju pintu gerbang. Sebelum tiba di sana, ia membalikkan tubuhnya dan menatap rumah itu dalam-dalam untuk yang terakhir kalinya. Rumah itu seakan menatapnya kembali dengan tatapan hangat dan ramah. Mendadak ia merasakan bahwa rumah itu tidak kosong, tetapi berisi berjuta kenangan indah tentang dia dengan Etzhara. Berpisah adalah kesedihan yang indah bagi Kenny. — end -

TENTANG PENULIS

Lahir tahun 1980, Joannes Rhino adalah penulis Indonesia yang memiliki latar belakang pendidikan sarjana perhotelan. Melanjuti karirnya di dunia perbankan tak menyurutkan obsesinya di dunia sastra. Di tahun 2009, ia mendapat penghargaan sebagai salah satu penulis muda berbakat dalam ajang sastra bergengsi "Khatulistiwa Literary Award". Selama traveling, ia sempat mempublikasikan kumpulan puisinya di Inggris dan beberapa novel di Amerika.

Novel "Etzhara" ini merupakan cetakan kedua yang mana cetakan pertama telah dipublikasikan oleh penerbit lokal di Indonesia.

Novel karya Joannes Rhino

The Unseen Face
Falling From The Sky – Volume 1
As The Rest Come To My Heart
Dream
Etzhara – Ketika Takdir Bicara

Kunjungi website Joannes Rhino
www.sethlestath.com
www.sethlestath.co.uk

www.ingramcontent.com/pod-product-compliance
Lightning Source LLC
Chambersburg PA
CBHW071240170626
46809CB00001B/22